KB131419

밖의 삶

밖의 삶

La Vie extérieure

아니
에르노
지음

Annie
Ernaux

정혜용
옮김

LA VIE EXTÉRIEURE
by ANNIE ERNAUX

This translation is published by arrangement with Éditions Gallimard
through Imprima Korea Agency.

이 책은 실로 꿰매어 제본하는 정통적인 사철 방식으로 만들어졌습니다.
사철 방식으로 제본된 책은 오랫동안 보관해도 손상되지 않습니다.

1993

4월 3일

RER[1] 안. 세르지프레펙튀르에서 여자애 셋과, 무릎 부위를 찢은 청바지를 입고 체인 펜던트를 한 남자애 한 명이 올라탄다.

여자애 한 명이 다른 여자애에게 하는 말. 「향이 좋은데.」 「미니두[2]야.」 남자애가 하는 말. 「르노[3]가 〈제르미날〉에 나온다는데.」 여자애 한 명이 하는 말. 「칫, 콘서트도 아니고, 그래 봤자 영화잖아.」 남자애가 항변한다.

1 수도권 고속 전철. 파리 근교 세르지에 사는 에르노는 일상적으로 RER를 이용한다.

2 섬유 유연제 이름.

3 Renaud Séchan(1952~). 프랑스의 유명 싱어송라이터로, 인권과 생태주의를 옹호하는 등 사회 참여적 성향을 강하게 드러낸다. 졸라의 소설 『제르미날』을 각색한 동명의 영화에 주연으로 출연하기도 했다.

「난 르노도 좋아하고 졸라도 좋아해, 그러니까…….」그들은 비르진[4]으로 간다.

토요일의 RER에는 무리 지어 파리로 가는 젊은이들과 가족들이 보인다. 얼굴에서, 좌석에 앉았다가 일어서는 날랜 몸에서 읽히는 그들의 계획과 욕망이 발산하는 분위기. 라 데팡스[5]는 텅 비었다. 사람들은 에투알, 오베르, 레 알에서 내리는데, 여기에서는 벌써부터 음악 소리가 이들을 맞아 준다.

저녁. 파리에서 돌아오는 길. 아이 둘을 데리고 탄 부부. 남자아이는 자리에 앉자마자 입을 앙다물고 늙은이 같은 표정으로 잠이 들었다. 안경을 쓰고 금발인 대여섯 살 되는 여자아이는 마구 버르적거린다. 아이는 샹탈 토마스 스타일의 살짝 퇴폐적인 느낌이 나는 번쩍이는 검은색 스타킹을 신었다. 아버지가 아이의 다리를 지켜보며 되뇌는 말. 「치마 내려라. 그럴 거면 치마는 입어서 뭐 하니.」 전혀 꾸미지 않은 차림의 아이어머니

4 영국의 대형 레코드 매장인 버진 메가스토어의 프랑스 지점으로, 프랑스인들은 〈비르진〉이라고 읽는다.

5 파리 서쪽 근교의 초고층 건물이 즐비한 비즈니스 지구.

귀에는 그 말이 들리지 않는 듯하다.

4월 8일

집주인 총회. 계단 공간, 지하실 등등에 관한 얘기가 오간다. 어떤 안건을 다루든, 사람들에게는 〈어떠어떠한 장소에 계량기를 설치해야 합니다〉 같은 지식을 과시하거나 〈제가 전에 살던 건물에서는〉 하는 식의 일화, 또는 〈저번날 6층 세입자가〉로 시작되는 이야기를 털어놓는 기회가 된다. 이야기란 존재하고자 하는 욕구다.

세르지에 대학들이 문을 연 뒤로, 저녁이면 슈퍼마켓 오상에서 장 보는 학생들이 눈에 띈다. 빈정대듯 살짝 거리를 두고 계산 줄에 서 있는 모습으로, 온종일 강의실이나 학생 식당에서 마주치곤 하는 익숙한 사람들이라 인사를 생략한 채 자연 발생적으로 끼리끼리 몰려 있는 모습으로 알아볼 수 있음. 그건 〈사용자〉(동일 공간, 시간표, 이해관계) 커뮤니티들로, 강력하며 일시적이다.

4월 13일

세르지로 가는 RER 안에서 아시아 여자가 무릎 위에 도안을 펼쳐 놓고 뜨개질을 한다. 상당히 복잡해 보이는 것이, 서로 다른 색의 양털실 꾸러미 세 개가 종이 도안 위로 늘어져 있고 뜨개바늘이 세 가지 실을 차례로 오간다. 나는 『르 몽드』에 실린 보스니아 사태에 관한 기사를 읽는다. 그 전쟁의 견지에서 보면 나의 소일거리가 저 여자의 소일거리보다 훨씬 더 쓸모 있지는 않다. 18년 전에도 나는, 어쩌면 저 여자가 그 일원이었을지도 모를 보트피플에 관한 기사를 지금처럼 읽었을 터였다. 콩플랑역 직전에 여자는 가위 대신인 열쇠고리를 꺼내어 실을 자르고 실 꾸러미와 뜨갯감을 가방에 집어넣더니, 내리려고 일어선다.

4월 17일

마르세유-파리 비행 노선. 창가에 앉은 여자는 연한 보랏빛 정장 바지에 그보다 더 연한 보랏빛 블라우스를 입고, 검은색과 황금색이 섞인 작은 핸드백을 들고 그와 어울리는 구두를 신고 있다. 여자는 아무것도 읽지 않는다. 대신 정성스럽게 손톱을 갈기 시작한다. 조금 뒤에 거울을 들여다본다. 여러 번 가방을 여닫는데, 뭔가를 찾으려고 혹은 그냥 그런다. 승무원이 음료수 카트를 밀며 지나가자 샴페인을 청하고 요금을 치르더니, 똑바로 앞을 본 채 천천히 마신다. 남자와의 재회를 앞두고 기다림의 행복이 완벽해지도록 샴페인 한 잔을 사서 마시는 여자. 기다림 그 자체를 기념하기.

착륙하기 전, 여자는 다시 한번 거울을 들여다보며 화장을 고친다. 마치 내가 그 여자가 된 것 같다.

저녁의 레 알. 흑인 한 명이 심벌즈와 흡사한 악기를 다루고 다른 한 명은 북을 두드리고 세 번째 인물은 노래한다. 술에 취한 백인 한 명이 그들 근처에서 바지 허리띠에 꽂아 둔 인형을 붙들고 춤을 춘다. 주위에 몰려선 승객들. 나는 열여섯 살 적의 꿈을, 재즈가 좋아 할렘으로 살러 가려던 꿈을 떠올린다.

5월 11일

본누벨역 근처. 30대의 뚱뚱한 남자가 나를 부른다. 나는 왜 그러냐고 묻는다. 그가 동냥 컵을 내보인다. 「먹을 게 없어요!」 나는 웃으며 건강 상태가 아주 좋아

보인다고 한마디 한다. 그는 호주머니에서 체중 감량식이 센터 홍보물을 꺼내더니, 자신은 거기 가야 하는데 건강 보험 환급 대상이 아니란다. 우리 사이에서 의견이 오가고, 그는 자신의 상황에 대해, 나는 도와 달라는 모든 요청에 답하기 힘듦에 대해 토로한다. 그는 손에 생활 정보지와 작은 팻말을 들고 있다. 생활 정보지를 전철역으로 내려가는 계단에 정성스럽게 펴서 깔고 앉아, 팻말과 컵을 내려놓는다. 그가 말하길 〈맹세하는데, 난 술은 안 마셔요〉, 그러고는 몸을 내 쪽으로 기울이며 〈더군다나 내가 술을 마셨다면 포도주, 알코올 냄새가 나지 않겠어요〉. 덧붙이는 말, 〈그 어디에도 더는 존엄이라고는 없답니다〉.

5월 18일

프랭탕 백화점 오스만 지점의 이브 생로랑 스타킹 매장에 점원이 보이지 않는다. 매장 저편에서 어떤 여자가 포장된 밴드 스타킹을 들었다 놨다 한다. 재빨리, 그중 하나를 가방 안에 밀어 넣고 향수 매장으로 가버린다. 나는 그 여자가 방금 스타킹을 훔쳤음을 퍼뜩 깨달았다. 딱히 그 여자를 관찰한 건 아니었지만, 그녀가 차례대로 하리라고 예상했던 행위에서 벗어난 비정상성 — 물품을 손에 들고 계산대로 향하는 대신 가방에 쑤셔 넣음 — 이 무의식적으로 나의 주의를 끌어당겼을 터였다.

그 여자가 느꼈을 도취감이 그려졌다.

5월 20일

쇼핑몰 레 트루아 퐁텐에 입점한 〈장클로드 몽데레〉 신발 매장의 진열창을 가린 철망과 〈폐점 전 점포 정리 할인 판매〉라는 팻말. 내가 신도시에 도착했을 당시 〈2M 스페이스〉[6]라고 불렸던 상점. 이곳에서 구매했던 신발을 전부 다 기억해 내려고 해봤다.

쇼핑몰에서 상점이 하나 사라질 때마다 그것은 자신의 한 부분의 죽음을, 욕망을 최고로 노출하는 죽음을 의미한다.

5월 21일

당페르행 RER 안. 청소년기로 접어들 참인 아들과 마주 앉은 화장기 없는 여자. 여자는 여성 잡지를 읽는

6 정식 상표명이 〈M by Monderer〉라서 〈2M 스페이스〉로도 불린다.

다. 아들은 자꾸 다리를 흔들어 대고 머리를 책가방 뒤로 숨긴다. 자기 몸을 어찌할 줄 모르겠다는 그 모든 신호. 아이는 이런저런 말을 하고 어머니에게 질문들을 던진다. 어머니는 답하지 않는다. 여자가 읽는 기사에는 이런 제목이 달렸다. 〈나이는 더는 사랑에 장애물이 아니다.〉

5월 22일

스트라스부르의 인기 있는 바인슈투베,[7] 셰 이본. 테이블들을 서로 가까이 놓아두어 억지로 빚어진 잔치 분위기. 50대로 보이는 남녀 한 쌍이 『고 & 미요』[8]를 꺼내 들고 안내 책자에 표시된 프레스코프[9]를 고른다. 음식을 기다리면서 두 사람은 자신들은 파리 지역에서 왔고, 예수 승천일이 낀 덕분에 늘어난 주말 휴일을 이용해 유명 포도주 산지를 따라 여행 중이라고 말한다. 그

7 독일어로 〈작은 포도주 주점〉이라는 뜻. 독일과 붙어 있는 알자스 지역이라 일상어에 독일어가 섞여 들어와 있다.

8 *Gault & Millau*. 1972년에 창간된 식도락 안내 책자로, 미슐랭과 더불어 세계적인 영향력을 발휘한다.

9 한국의 돼지머리편육과 비슷한 요리로, 독일 음식 문화에 영향을 받은 알자스 지역 요리.

러더니 미소를 짓는다. 아마도 점심때와 저녁때에 『고 & 미요』의 안내를 받으며 계획대로 차례차례 옮겨 다니는 모양인데, 그들에게는 『고 & 미요』가 혹시 그들이 읽은 적이 있는지 모르겠지만 『육체적 사랑의 기술들』이라는 교본을 대체했다.

5월 28일

평소처럼 텔레비전을 끄기 전에 온갖 채널을 눌러 대다가, 화면에 나타난 아주 젊은 여자의 매끈하고 아름다운 얼굴을 보았다. 그 여자가 말하길, 〈열두 살 때 아버지가 저를 강간했어요〉. 그 얼굴을 그냥 넘기기는 불가능했다. 여자는 진행자의 사려 깊은 질문들의 도움을 받아 차분하게 이야기 — 날마다 수면제를 먹고 잠이 드는 어머니, 아이 방으로 살그머니 들어오는 아버지 — 를 이어 갔는데, 머리가 희끗희끗하고 훌륭한 아버지상인 40대의 남성 진행자는 속내를 들어주는 역할이었다. 그러다가 어머니가 울먹이며 괴로운 표정으로 나타났고, 그다음 등장한 할머니는 억센 여자로, 현재 수감되어 〈아이처럼 우는〉 강간범 아들을 옹호한다.

그다음 막으로 넘어가면 마을이 등장하는데, 무대에

나온 마을 사람들은 젊은 여자가 아버지에게 은근히 동조했고 심지어 꼬리를 쳤다며 젊은 여자를 비난한다. 젊은 여자는 고개를 꼿꼿이 든 모습이 분노한 합창에 맞서는 그리스 비극의 여주인공을 닮았다.

3막. 정신 분석가들과 변호사 한 명이 무대에 올라 갈등을 설명하고 해결책을 제시한다. 1) 아버지가 딸을 강간한 이유는 그 자신이 유년기에 가족 구성원에게서 강간을 당했기 때문이다. 2) 지배받는 상황에 놓인 어린 딸은 강간을 받아들일 수밖에 없었다. 3) 마을 사람들은 남자와 잤다는 이유로, 아이를 책임져야 할 여자로 간주하는 잘못을 저질렀다.

어머니가 울고, 할머니도 마찬가지. 연극은 끝났다. 하지만 열정은 정화되지 않는다. 방금 각자의 삶을 연기해야 했던 배우들은 드러냄으로 인해 더욱 격렬해진 각자의 믿음과 증오를 안고 돌아간다.

연출된 바람에 이러한 〈현실〉이 진짜가 아니라는, 그러니까 사람들과 이야기의 진실에 가닿지 못했다는 기이한 느낌. 확실하고 충격적인 사실, 그것은 근친상간이 참가자 모두에게 매혹을 발휘했고, 희생자를, 그 예쁜 젊은 여성을 죽음에 처하고 싶은 욕망을 불러일으켰다는 점이다.

나중에 든 생각은, 앞으로 점점 더 많은 리얼리티 쇼가 생겨나면 허구는 사라질 테고, 그러다가 그렇게 연출된 현실을 더는 견디지 못할 지경이 되면 허구가 되돌아오리라는 거였다.

5월 29일

피렌체의 우피치 미술관에서 폭탄 테러 발생. 다섯 명 사망, 다수의 그림 훼손, 그중에는 조토[10]의 작품도 하나 포함됨. 다 같이 입을 모아, 추산이 불가능한 돌이킬 수 없는 손실이라고 외침. 사망한 남녀노소가 아니라 그림에 대한 말. 그러니까 예술은 생명보다 더 중요하고 15세기의 성모화가 어린아이의 몸과 숨결보다 더 중요하다. 그 성모화는 여러 세기를 지나왔고, 미술관을 찾아오는 수백만 관람객이 여전히 그 작품을 보면서 기쁨을 느낀다면 사망한 아이는 아주 소수의 사람에게만 행복을 안겨 줬고, 어쨌든 그 아이는 언젠가는 죽게

10 Giotto di Bondone(1267~1337). 이탈리아의 화가, 건축가. 중세의 전통과 상징주의를 완성함과 동시에 독자적인 리얼리즘을 통해 근세 회화의 기초를 만들었다.

되어 있으니까? 그런데 예술은 인간보다 위에 놓인 그런 것이 아니다. 조토의 성모화에는 화가가 만나고 쓰다듬었던 여자들의 육신이 녹아 있었다. 아이의 죽음과 자기 그림의 파괴 사이에서 화가는 무엇을 골랐을까? 그에 대한 답은 확실하지 않다. 어쩌면 자기 작품일지도. 바로 그럼으로써, 예술의 어두운 부분을 증명하며.

6월 17일

오샹, 저녁 9시, 계산 줄에서. 얼굴이 불쾌한 남자가 수표나 카드로 계산하는 사람들에 대해 계속 툴툴거리길, 〈현금 좀 갖고 다니면 안 되나!〉. 그는 잠시를 차분히 있지 못한다. 「저들도 나처럼 새벽 4시에 일어나 보라지!」 그가 무빙 벨트 위에 1.5리터들이 플라스틱 포도주병을 내려놓았다. 점점 더 청결과 사회적 올바름을 지향하는 쇼핑몰 레 트루아 퐁텐에서는 튀는 장면이다. 전철에서 동냥아치를 만나면 그러듯이 사람들이 다른 곳을 바라본다.

유식한 말을 처음 사용하면 늘 사기 친 느낌이 드는데, 오늘의 그 말은 **아이템**.

6월 29일

8시, 햇살이 벌써 RER 차창을 세차게 때렸다. 우아즈강 근처에 쌓아 둔 거대한 모래와 자갈 무더기들 앞을 지나갔다. 그러고는 오래된 느낌의 작은 호텔 레스토랑, 아 라 파스렐을. 약 10년 전쯤에 밀어 버린 낭테르의 오래된 판자촌 자리에는 집시촌이 들어섰다.

날이 더웠고, 마치 그렇게 태양이 강렬해서 아침의 야생적 발기가 가라앉지 않는다는 듯이, RER 기차간이 거대한 침대라는 듯이, 남자들은 거리낌 없이 여자들을 응시했다.

7월 6일

쇼핑몰 레 트루아 퐁텐. 비디오 가게가 고 스포르 자리에 들어섰고, 고 스포르는 다르티[11] 옆으로 이사 갔다. 정육점 르 뵈프 리무쟁 자리에는 아시아 음식 전문점이—(고약한 냄새가 났던) 생선 가게 자리에는 이탈리아산 제품들이—(강렬한 좋은 냄새가 났던) 치즈 가게 자리에는 신문 및 담배 판매점이 들어섰다. 쉬페르엠[12]의

11 각각 스포츠용품점, 전자 제품점.

두 개 층에는 라 르두트, 막도, 에탐[13] 등이 들어섰다. 백화점 사마리텐은 오샹으로 바뀌었고, 브리코젬[14]은 그랑 톱티칼로 바뀌었는데, 이 상점은 판매대 뒤편에서, 우리가 지켜보는 가운데 안경을 제작하는 일종의 공장이다. 로디에, 코리즈 살로메, 쿠카이[15]는 사라졌다. 아주 오래된 상점 몇몇 개는 남아 있는데, 에람, 바타, 앙드레,[16] 뜨개실 전문점 필다르, 〈재봉사의 진실한 친구〉 생제르[17] 재봉틀이다.

흘러가는 시간에 대한 감각은 우리 안에 있지 않다. 그 감각은 밖에서부터, 자라나는 아이들, 떠나가는 이웃들, 늙어 가고 죽음을 맞이하는 사람들로부터 온다. 운전 연수 학원 혹은 텔레비전 수리점이 새로이 들어선 자리에 있던 문 닫은 빵집들로부터. 이제는 프랑프리라

12 사라지고 없는 상호로, 슈퍼마켓 모노프리 전신이다.

13 각각 의복 및 인테리어에 특화된 전자 상거래 전문점, 맥도날드, 속옷 전문점.

14 DIY 전문점.

15 코리즈 살로메는 향수, 나머지 둘은 여성복 브랜드.

16 각각 신발, 옷과 신발, 신발 브랜드.

17 유명 재봉틀 상표 싱어의 프랑스어 발음.

는 상호 대신 리데르 프라이스라고 불리는 슈퍼마켓의 구석 자리로 옮겨 간 치즈 매장으로부터.

7월 12일

사르트루빌에서 젊은 음악가들이 올라탔다. 그들은 「군중」,[18] 「생장의 연인」,[19] 그러니까 RER 및 신도시 이전 시대의 노래들을 연주한다. 나는 가난이 묻어난 모습과 얼굴에 적선하듯 그들에게 10프랑을 준다. 즐거움이든 혹은 동정이든, 그에 대한 값을 치르는 동일한 행위.

가요는 삶을 소설로 바꿔 준다. 노래는 우리가 겪었던 것들을 아름답고 아련하게 만들어 준다. 훗날 그 노래들이 들려올 때 느껴지는 아픔은 바로 그러한 아름다움에서 비롯된다.

레몽 드파르동은 베네치아 석호의 산클레멘테섬에 자리한 정신 병원 관련 다큐멘터리를 찍었는데, 거기

18 La Foule. 1957년에 에디트 피아프가 불러서 유명해진 노래로, 원래는 페루의 춤곡이었다.

19 Mon amant de Saint-Jean. 1942년에 발표되자마자 엄청난 성공을 거뒀고, 그 뒤로도 여러 차례 유명 가수들에 의해 리메이크되었다.

보면 테이블 위에 엎드린 남자가 나온다. 그는 트랜지스터라디오를 귀에 바싹 갖다 대고서 엄청난 볼륨으로 노래를 듣는다. 이탈리아 노래인데, 장터 축제, 야외 댄스파티, 잃어버린 사랑을 떠올리게 한다. 남자는 노래를 듣고, 그리고 남자는 운다.

8월 3일

느리게 나아가는 오샹의 한 계산 줄에 어린 딸을 데리고 서 있는 젊은 어머니. 커다란 목소리로 아이의 행동을 두고 일일이 잔소리한다. 「주저앉지 마, 원피스로 땅바닥을 다 쓸겠네!」 혼을 내기도 한다. 「여기 있으라니까!」 돌아가자마자 할 일을 설명하기도 한다. 「돌아가서 설거지할 물부터 데워야 해. 오늘 아침에 더운물이 나오지 않았잖니, 그래서 엄마는 찬물로 샤워를 해야만 했거든.」 이러쿵저러쿵. 어린애는 거의 듣지 않고 있다가, 어머니가 지금 구경꾼들 들으라고 말한다는 것을 안다는 듯, 아무런 열의 없이 〈찬물 샤워〉라는 말만 되뇐다.

그 모녀 뒤로는, 함께 서 있는 어머니와 청소년 아들들. 차분하고 동작이 신중하며 웃음을 참고 있음. 그들끼리 나누는 대화를 듣기란 불가능함. 장 본 물건들은 무빙 벨트 위에 정연하게 놓여 있다. 예쁜 공책들, 슈비농 마크가 찍힌 학용품들, 기본적인 물품들 — UHT 멸균 우유, 요구르트, 누텔라, 면 종류 — 로, 아마도 전문 매장에서 구매하는 모양인지 채소나 고기는 안 보임. 〈시선을 끌〉 필요가 없고 남의 눈에 띄지 않음 그 자체에서 자신의 힘을 끌어내는 부르주아 가족.

8월 12일

오베르역. 사람들이 플랫폼으로 내려가는 에스컬레이터에 몸을 부린다. 에스컬레이터는 사람들로 꽉 차서 미끄러지듯 움직인다. 푸른색 벽을 따라 내려가는 동안, 아래에서 남녀가 껴안고 입맞춤을 나누는 모습이 보인다. 둘 다 40대. 열차가 들어오는 요란한 소리. 남자와 여자는 포옹을 풀고 기차를 향해 달린다. 두 사람은 지난해 어느 밤 자정 무렵 내가 F와 함께 있었던 바로 그곳에 있었다. 그 여자처럼 나도 벽에 등을 대고 있었다. 에스컬레이터는 계속되는 금속성과 함께, 텅 빈 채, 끝도 없이 내려갔었다.

8월 13일

복사점 〈아브니르 스크레타리아〉에서, 직원이 아프리카 남자에게 복사를 해준다. 조금 떨어진 곳에서 젊은 여성과 중년 부인 둘이 소곤대는데, 그들의 얼굴에는 결코 지워지지 않을 것 같은 놀라운 미소가 똑같이 감돈다. 그들의 차례다. 그들은 결혼식 차림표를 원한다. 젊은 여성이 준비해 온 견본을 내밀고, 직원은 무덤덤하게 훑어보며 묻는다. 「토카이 포도주, 같은 줄에 넣어요, 아니면 아래로?」 세 여성은 크기와 지질이 다른 여러 종류의 종이를 보여 달라고 하여 한참을 들여다본다. 어머니와 대모로 밝혀진 여자들이 예비 신부에게 선택권을 주고는, 끈질기게 물어본다. 「그게 맘에 드니?」 마치 한 세기 전으로 돌아간 듯, 〈중요한 날〉을 준비하고 기다리며 서로 다붙은 세 여자는 감미로움과 꿈으로 엉켜 한 덩어리를 이룬다.

8월 16일

신도시, RER역 근처. 퀘이커교도처럼 연밤색 주름치

마, 베이지색 블라우스, 그리고 둥근 모자 차림인 흑인 여자. 날이 더운데도 청바지와 모자 달린 파카를 입고, 아래쪽 철로를 굽어보는 콘크리트 담에 멀거니 기댄 소녀. 어머니와 함께 있는 어린 여자아이 셋, 그중 한 명은 잎이 우거진 잔가지들을 한 아름 꺾어서 들고 있음. 짧은 소매 셔츠 차림에 배낭을 멘 50대 백인 남자가 활기차게 걸어간다. 검은색 바지에 흰색 셔츠로 의상을 통일한(특정 종파일까 아니면 어떤 상점의 점원들일까?) 젊은 남녀가 무리 지어 RER 입구를 향해 걸어간다.

오늘 몇 분 동안, 하나같이 모르는 사람들이지만 마주치는 모든 이를 **보려고** 애써 봤다. 그 인물들을 꼼꼼히 관찰함으로써, 마치 내가 그들을 만지기라도 한 듯, 갑작스레 그들의 삶이 내게 무척 가까워진 것 같았다. 만약 내가 그런 실험을 쭉 밀고 나간다면, 세계와 나 자신을 보는 시각에 근본적인 변화가 생길 텐데. 어쩌면 더는 자아라는 게 남지 않을 텐데.

8월 17일

아침 9시, 막 문을 연 때라 거의 텅 비다시피 한 오샹.

토마토, 복숭아, 포도 들의 산더미가 끝없이 펼쳐짐 — 요구르트, 치즈, 가공육 코너는 환한 조명 아래 나란히 늘어서 있음. 아름답다는 기이한 느낌. 세상의 첫날 아침, 나는 에덴의 가장자리에 있다. 그리고 **모든 것이 먹을 것**, 혹은 거의 그렇다.

뒤쪽에, 계산대들 사이의 좁은 통로. 그곳을 지나면, 카트에 마구 던져 넣은 물건들이 보잘것없고 하이퍼마켓에 넘쳐흐르게 쌓여 있을 때보다 덜 아름답고 아랍인이 운영하는 동네 식료품점에서 급해서 구입한 것들과 다르지 않아 보인다.

8월 25일

고속 도로 A15로 들어가는 길을 탄 바로 그 순간, 푸른색 바탕 위 **파리**라는 표기를 보자 별안간 놀라움, 행복으로 벅차올랐다. 처음으로, 파리에 가본 적이 한 번도 없어서 그 도시가 꿈이었던 열다섯 살 적의 상상력으로, 도로 표지판에 적힌 그 이름을 읽었다. 과거의 감각이 현재로 돌아와 현재와 겹쳐지는 드문 순간. 마치 사랑을 나누는 동안, 과거의 남자들 전부와 지금 이곳의 남자가 오롯이 하나를 이룰 때처럼.

8월 31일

오후, 툴루즈 광장 입구. 어떤 안노인이 벽에 기대어 있다. 그 주위로 사람들이 제법 몰려 있는데, 아이들도 많다. 노인이 얼빠진 표정으로 여자와 남자의 부축을 받으며 천천히 걸음을 떼어 놓는데, 그 남자가 아무나 들으라는 듯 내지르는 고함, 〈간병인이 아니라고, 난!〉. 아이들이 소리치고 탄성을 지르며 주위를 달린다. 안노인은 살짝 등이 굽고 회색 옷을 입고 잿빛 머리에 안경을 썼다. 부어오른 코에서 피가 흐른다. 가방을 건 팔뚝은 배에 붙이고 있다. 의원으로 데리고 가는 작은 무리에 둘러싸여서, 노인은 원형 투기장처럼 인적 없고 하얗게 햇살이 부서지는 광장을 가로지른다.

9월 1일

어머니와 딸이 전철역 플랫폼을 걸어가는데, 딸이 어머니 팔을 꼭 잡고 간다. 시골에서 흔히 보던 오래된 동작으로, 여자애들은 일요일이면 사람들과 영화관 앞에 죽치고 있는 남자애들 무리를 대할 때 마음을 안정시키려고, 그렇게 하고 중심가를 걸어갔다.

9월 10일

쇼핑몰 레 트루아 퐁텐. 올라가는 에스컬레이터에 올라탄 사람은 오직 남녀 한 쌍. 아래에서 보면 남자의 등만 보인다. 둘은 꼭 껴안고 서로 몸을 비벼 댄다. 가끔 남자가 고개를 돌려 아래쪽에서 카트를 밀고 다니는 사람들을 내려다본다. 그 둘은 하늘을 향해 올라가는 듯한 표정이다. 남자의 셔츠는 선홍색.

정오. 눈을 감고 거실에 앉아 있다. 아래쪽 젖은 도로 위로 차들이 지나가는 소리가 들린다. 트럭. 비탈진 정원, 흰색 철책, 거리를 그려 본다. 머릿속에 생겨난 문장 하나, 〈차들이 지나가는 규칙적인 소리, 바닥이 젖어 있어서 바퀴가 멎을 때 좀 더 길게 끼이익 끌리는 소리가 들렸다〉, 이 문장을 갖고 아무것도 만들어 내지 않으리라는 것은 확실하지만. 세상을 말로 옮겨 놓는 단순한 습관.

〈내 RER 타러 간다.〉 사람들이 자주 이용하는 사물과의 관계와 친숙성을 말하는 방식. 내 RER, 바로 RER A선. 나를 파리로 데려다주고 세르지프레펙튀르라는 동일한 역으로 늘 다시 데려오기에, 그에 대한 의식조차 없이 그저 올라타며, 역에 붙은 표지판을 바라볼 필요도 없이 지나가는 그 모든 역을 꿰고 있다. 거기에서는 나도, 그 노선 이용객 집단에, 나처럼 **그들의** RER이라고 여기는 익명의 사람들로 이루어진 그 공동체에 속한다고 느낀다.

B선, C선, D선 RER들은(A선이지만, 부유층이 사는 근교인 르 페크, 생제르맹앙레로 갈려서 나가는 RER도) 내 RER가 아니다. 그 노선들에서는 미처 감지하지 못한 새, 스스로를 이방인, 거의 침입자처럼 여긴다.

10월 28일

여자 둘이 파르크데젝스포지시옹에서 올라탔다. 서로 마주 보고 앉는다. 갈색 머리에 예쁘장한 젊은 여자와 50 줄에 들어섰고 살짝 너부러지듯 좌석에 앉은 금발 여자. 젊은 여자의 공격적인 어조로 보아 모녀 사이다. 「오늘 저녁에 우리를 레스토랑으로 부를 거예요?」 어머니가 머뭇댄다. 「아니 ……(알아들을 수 없음)를 가야 해서.」 딸이 의기양양해서 말한다. 「거봐! 엄마는 솔직하지 않다니까! 그렇다고 그 즉시 얘기하면 됐잖아!」 어머니는 침묵을 지킨다.

딸이 다시 말을 잇는다. 「프랑수아즈가 엄마가 생일 선물로 뭘 원하는지 묻던데, 끈 달린 레이스 속옷, 괜찮죠?」

「그럼, 그럼.」

「엄마가, 뭐랄까, 그래, 샤넬 정장 한 벌을 원한다고 답하려던 건 아니었어!」 (딸의 조소.)

어머니가 딸을 달래려고 애쓰며 〈친절하게도 마음을 써주는구나〉라고 하자마자, 딸에게서는 새로운 조롱이 터져 나온다. 〈암, 친절하고말고요!〉

가르 뒤 노르까지, 어머니 — 중성적인 어조를 유지하려고 애쓰는 — 가 말 한마디 할 때마다 즉각 거기에서 숨은 의미를, 진정한 의미, 즉 어머니의 악의를 캐내는 딸이 받아친다. 「봐요, 엄마가 어떤지!」 어머니가 생산하는 텍스트는 딸에 의해 체로 치듯 검토되고 불만, 권태의 신호라고 여겨지지 않는다면 공포를 자아낼 만한 악착스러움으로 단죄되는데, 딸은 처벌받지 않기에 자신을 세상에 낳아 준 여자를 쉽사리 박해하는 것으로 그러한 불만, 권태를 해소한다.

11월 12일

RER에서 누가 커다란 목소리로 말을 꺼낸다. 「저는 실업자로, 아내와 아이를 데리고 여인숙을 전전하며, 하루에 25프랑으로 살아가고 있습니다.」 평범한 가난의 이야기가 이어지는데, 동일한 어조로 시간당 열 번은 되풀이했을 터다. 남자는 『르 레베르베르』[20]를 판매한다. 그가 내놓는 말은 공손한 말, 〈큰돈이 아니라 그저 제게 도움이 되는 푼돈을 부탁드리는 것입니다〉. 그가 객차 안을 지나간다. 아무도 신문을 사지 않는다. 열차에서 내리면서 남자가 위협적인 목소리로 던지는 한마디, 〈아주 좋은 하루와 아주 행복한 주말을 보내시기를!〉. 그 누구도 고개를 들지 않는다. 가난한 사람들의 조롱은 별거 아니라서, 그것은 흉기가 아니라 그저 성가신 정도.

11월 16일

『르 몽드』지에 실린 기사 제목, 〈국제 전쟁 범죄 재판소는 실질적인 정치적 의지로 뒷받침되지 못한다〉.

20 *Le Réverbère*. 노숙인들이 자립을 목표로 판매하는 신문.

보스니아에서 자행된 가혹 행위에 관한 4만 건의 자료가 존재한다. 〈4백 개의 강제 수용소 및 구금 시설, 3천 구에 달하는 시신이 집단 매장된 98개의 구덩이, 3천 명가량의 강간 피해자들이 이미 집계되었다. 하지만 유엔 특별 조사 위원회의 바시오니 교수에 따르면, 시간이 흐르면서 증거 상실 위험이 증가하고 있다. 증거 상실은 우리의 주요 근심거리 가운데 하나다.〉

이런 내용을 기술하는 것, 그리고 내가 여기에 적는 모든 것이 **증거**인 셈.

11월 21일

메종 드 라 라디오 안 대형 홀에서 열린 펜 클럽 도서전. 밍크, 보석을 걸친 여자들은 하나같이 〈젊게 나이 든 여자〉의 모습이어서, 날씬하고 배도 납작하고 후광이 어린 듯한 백금발과 어여쁜 치아에 얼굴만 주름졌다. 「오, 나의 벗, 와줘서 고마워요.」 이국적 취향의 소설을 쓰는 작가는 그렇게 여러 차례 일어서서 쌓아 놓은 책들 위로 팔을 뻗어 지인들에게 우아하게 인사를 건넨다. 펜 클럽은 투옥되어 고문에 시달리는 작가들을 돕기 위해 만들어졌던 듯한데.

에투알역 플랫폼에 삐쩍 마른 어릿광대 한 명이 작은
가죽 가방을 들고 나타난다. 그는 플랫폼을 성큼성큼
걸어다니고 손으로 챙을 만들어 눈썹 위에 갖다 대며,
〈나의 관중을 찾고 있어요〉. RER를 기다리던 사람들의
놀람과 거북함. 그는 가방을 내려놓더니 그 안에서 막
도의 붉은 쟁반을 꺼내어 땅바닥에 놓는다. 눈 깜짝할
사이에 두 다리를 목에 두르더니 두 손으로 플랫폼을
따라 걷는데, 사람들 사이를 커다란 풍뎅이처럼 지그재
그로 누비며 공격성과 상냥함이 뒤섞인 어조로 사람들
을 부른다. 젊은 여자 앞에서는 우렁차게 외치기를, 〈자
빠뜨리겠어! 아니, 아가씨, 아가씨 말고 저 철책 난간
말이야!〉. 그러고는 좌석이 줄줄이 놓인 곳으로 펄쩍 뛰
어오른다. 어떤 남자를 향해, 〈어이! 이런 자세로 사랑
해 본 적 한 번도 없지!〉. 차츰차츰 긴장이 풀어지고 굳
어 있던 몸이 부드러워지면서 사람들이 돌아보고, 이제
는 플랫폼에서 원을 그리며 오가는 어릿광대를 좇는다.
어릿광대의 말소리만 들리는데, 그의 목소리는 반쯤 빈
일요일의 역에 울려 퍼진다. 그건 바닥에서 몸을 뒤트
는 거대한 벌레. 그가 갑자기 몸을 펴더니 가짜 총을 꺼

내며 사람들에게 돈을 내놓으라고 한다. 사람들이 웃음을 터뜨린다. 슬픈지 혹은 재미있는지, 얘기하기가 무척이나 어렵다.

11월22일

프랑스 앵테르의 오늘 아침 방송.

파브리크가의 륄루즈 노동자 지구에서 여섯 명이 사망했습니다. 세 명의 청소년과 한 명의 어린 여자아이가 포함되어 있고, 다락방에 살던 튀르키예인들로 밝혀졌습니다. 참사의 원인은 화목 난로로 추정됩니다.

두 명의 주거 부정자가 추위로 사망했습니다. 한 명은 이블린주의 뮈로에서, 다른 한 명은 라 로셸에서였습니다.

총리의 전망입니다. 「경제가 다시 활기찬 출발을 보이는 것 같군요.」

론풀랭크[21]의 세계에 오신 것을 환영합니다. 135프랑에 주주가 되십시오 등등. (살살 구슬리는 남자 목소리.)

당신에게는 당신이 하는 일이 가장 중요한 것입니다. 왜 HIV 보균자라고 당신과 다를까요? (씩씩하며 설득

21 프랑스의 제약 및 화학 기업.

력 있는 남자 목소리.)

11월 25일

오후가 한창인 시각, 생제르맹 대로에 인적이 끊겼다. 생미셸에서부터 오다 보니까, 흰색 플래카드를 펼쳐 든 시위대의 앞쪽이 나타난다. 대로변 상점들은 철제 셔터를 내려놓았다. 문을 열어 둔 채로 있던 의복 매장 카날 127이 급하게 셔터를 내린다. 세련된 옷차림을 한 셔터 뒤의 판매 직원들은 살짝 뒤로 물러나서 청바지와 점퍼 차림의 단일한 고등학생 무리가 행진하는 것을 지켜본다.

11월 27일

여자 목소리.「당신은 좋아하는 사람들이 곁에 머물며 당신에게 사랑을 주는 것을 좋아합니다. 왜 HIV 보균자라고 당신과 다르겠어요? HIV 보균자에게 키스하고, 그와 함께 레스토랑에서 식사하고 등등 다 해도 된답니다.」윤리적 가르침이 라디오에서, 짧은 광고로 나온다.

12월 1일

〈에이즈의 날.〉 전 세계에 HIV 보균자가 1천4백만 명. 파리에서는 에이즈 환자들이 예전의 페스트 환자들처럼 거의 다 화장된다.

콘돔은 모든 약국에서 하나에 1프랑이다. 고무적인 가격. 장소는 그렇지 않다. 늘, 판매대 저편에서 〈뭘 드릴까요?〉라고 묻는 하얀 가운의 존재. 〈콘돔 두 개〉라고 답하는 것, 그건 약국에서 모두가 듣는 가운데 곧 성관계를 맺으려고 한다고 고백하는 것이다. 자판기만이 자유를 준다.

1994

2월 6일

박격포탄 한 발이 일요일 오늘, 사라예보 중앙 시장 광장에 떨어졌다.[22] 62명이 사망하고 부상자가 2백 명 넘게 발생했다.

분노의 양상을 띤다 하더라도, 그런 일을 묘사하거나 이야기로 만들 수는 없다. 해야 할 유일한 일은 프랑스인과 유럽인 전부가 광장에 모여서 각자의 정부에 갈등 해결을 촉구하는 것이리라. 만약 그렇게 못 한다면 그것은, 이 전쟁과 사라예보의 시장에서 죽은 아이들이 우리에게는 복권, 텔레비전에서 밤에 틀어 주는 영화보다 덜 중요하고, 그들이 우리에게는 고작 비극적 배경

22 1994년 2월 5일, 사라예보의 마르칼레 시장에서 세르비아계 민병대의 포격으로 다수의 사상자가 발생했다.

음악일 뿐이어서다. 몇몇 지식인들의 주장, 〈수치가 우리 모두를 조여 온다〉. 그들이 틀린 것이, 먼 곳의 현실은 수치심을 불러오지 않는다.

2월 8일

저녁나절의 샤틀레레알역. 결연한 혹은 절망적 표정의 『르 몽드』 판매원이 플랫폼을 성큼성큼 걸어가며 단조로운 어조로 〈『르 몽드』 있어요, 『르 몽드』 사세요〉라고 되뇌니, 그 말은 무관한 말들 사이에서 라이트모티프 같다.

아프리카인이 기타를 치며 말리에서의 유년기, 어머니, 가옥, 전통에 관한 몹시 길고 단조로운 노래를 프랑스어로 부른다. 백인 여자 역시 기타를 치며 연주를 함께 하지만 노래는 부르지 않는다. 두 연주자를 차츰차츰 사람들이 둘러싸는데, 그들 대부분은 자신들의 과거는 아니지만 유년기와 잃어버린 고향이라는 과거를 읊는 가사와 음악에 사로잡혀 다가온다.

RER에서 어떤 남자가 읽고 있는 신문 지면에 굵은

글자로 적힌 글, **투명 스타킹이 돌아온다.**

3월 18일

레 알역. 에스컬레이터 위쪽에서 한 남자가 구걸 중이었다. 그는 무릎께에서 자른 바지 아래로 절단된 다리의 뭉툭한 부분을 살짝 내보였다. 마치 두 개의 거대한 성기 끝부분이 보이는 것 같았다.

몽파르나스역. 연주자는 보이지 않는데 〈은방울꽃 피는 시절 다시 돌아왔네〉[23]를, 그러고는 「셰르부르의 우산들」을 연주하는 아코디언 소리가 들렸다. 통로 모퉁이를 돌아가니 갈색 유니폼을 입은 검표원 한 개 조가, 그러니까 네다섯 명은 벽을 따라 나란히 늘어서 있고, 나머지 네 명은 남자 한 명을 둘러싸고 호되게 추궁 중이었다. 그 남자는 젊었고 피부색이 짙었으며 머리는 뒤로 넘겨 하나로 묶었다. **불가피한** 전개가 예견되어 무거워지는 마음.

23 프랑시스 르마르크의 노래 「은방울꽃 피는 시절Le Temps du muguet」의 가사.

최근 들어 보이는, 노숙인 자립을 위한 거리 신문 판매원들의 슬픔과 낙담. 노숙인에 대한 그런 방식의 지원이 갖는 참신함이 무뎌졌다. 점점 더 그러한 자선 신문들 — 아무도 〈진짜〉 신문으로 간주하지 않고 노숙인들의 판매 행위를 〈진짜〉 일로 간주하지 않는 — 은 가난을 다스리고, 나아가 가난이 위험해지는 것을 막기에는 보잘것없는 대책으로 보인다.

3월 31일

정원 오솔길에서 잡초를 뽑고 있는데, 갑자기 웬 형체가 내 앞에 나타났다. 고개를 들었다. 살집이 좋은 자그마한 60대 여자로, 소박하고 따뜻하게 옷을 차려입었다. 여자가 미소를 지었다. 「방해해서 미안한데, 혹시 뚱뚱한 검은 고양이 못 봤나요? 어떤 법원 직원에게 맡겼더랬는데, 그만 고양이가 달아났대요.」

나는 어제 검은색과 흰색이 섞인 고양이 한 마리만 봤다고 말했다. 여자는 미적댔다. 나는, 그러면 헛간 지붕 아래 다락을 길고양이들이 종종 거처로 쓰니까, 헛간에 가보자고 제안했다. 헛간에 들어가서 고양이를 불러 보려고 고양이 이름이 무엇인지 물었다. 여자가 슬

며시 웃으면서, 〈뚱땡이라고 불러요〉. 나는 〈뚱땡아!〉라고 외칠 엄두가 나질 않아서 주먹으로 그저 다락을 쳤다. 고양이라고는 없었다. 우리는 말없이 다시 오솔길로 들어섰다. 그러더니 여자가 머뭇거리며 하는 말, 〈혼자서 찾아올 거라고들 하던데. 퐁투아즈, 거기는 여기에서 어쨌든 멀잖아요……〉. 나는 동물 보호 협회에 전화해 보라고 권했다. 「네, 그런데 표시를 새겨 놓지 않아서…….」 그 여자는 계속 은은한 미소를 지었고, 가려는 마음이 없어 보였다.

본격적인 봄이었다. 나무마다 꽃이 맺혔다.

4월 18일

오베르역. 두 개의 무빙워크가 시작되는 바로 그 지점에서 두 다리가 잘린 남자가 구걸을 한다. 레 알역에서 본 그 남자와 동일 인물일까 궁금하다. 무빙워크로 들어서면서 그 사람의 뒷모습을 본다. 언뜻 엉덩이 아래 깔고 앉은 두 다리를 본 듯하다.

4월 27일

메종알포르의 레 쥐요트 단지에 위치한 그 긴 길, 제

네랄르클레르 대로에서 레옹블룸 대로로 이어지는 이름 모를 그 길을 다시 찾았다. 의사 M을 보러 가려고 이미 대여섯 차례 가봤던 길이다. 오른편에 있는 근교 특유의 개인 주택들 — 그중 몇 집은 늘 버려진 것처럼 보였더랬는데, 오늘 보니 덧문을 열어 놓았다 — 과 그 건물들 왼편의 거대한 주차장을 다시 봤다. 불도저 한 대가 공원 땅을 고르고 있었는데, 또 다른 건물들을 지으려는 모양이었다. 세무서를 지나니, 아마도 화학 제품 생산 회사인 듯, 으레 나던 들쩍지근한 냄새가 났다. 길이 좁아지는 거리 끝에 다가가니, 더욱더 많은 작은 개인 주택들, 마권 판매소를 겸한 카페, 자동차 정비소, 철망 뒤 덧창을 닫아 둔 주택이 나온다. 마그레브 출신 여자들이 두셋씩 무리 지어 있었다 — 휴일이고 화창하다. 나는 메종알포르, 내가 잘 알지 못하는 근교의 이 길이 좋아지기 시작했다.

5월 5일

바스티유역 통로 바닥에 분필로 써놓은 거대한 글자들, **먹을 게 없어요**. 조금 더 나아가면 같은 방식으로 써놓은, **고맙습니다**. 또 조금 더 나아가면, 그 글을 썼던 남자가 통로 한가운데에 무릎을 꿇고 있고, 그의 내민 손끝에 놓인 동냥 컵. 사람들의 물결이 그 남자 앞에서 양 갈래로 갈라진다. 나는 왼쪽 갈래였다.

5월 17일

북부의 중소 도시 A.에 자리한 고등학교에서 〈불우 학생〉반을 가르치는 국어 교사. 모는 차는 메르세데스, 보석, 세련된 스카프, 단정한 금발. 그 교사가 주장하듯이 그녀가 서민 계층에서 태어났다는 사실도, 학생들이 보기에 그녀가 **지금은** 부르주아라는 사실을 전혀 바꿔 놓지 못한다. 그 교사가 광고, 황금만능주의에 반대하며 수업 중에 한 그 모든 말도 기몰레 고등학교 앞에 주차된 메르세데스가 빚는 역겨운 광경에 대해서는 속수무책이다.

5월 26일

심각한 얼굴에 윤기 흐르는 머리를 낮게 틀어 올리고, 한쪽 가슴을 완전히 드러낸 채 마치 젖을 물리려는 듯이 살짝 가슴을 들어 올린 그 아름다운 여성이 다시 광고판에 나타났다. 하지만 살짝 함몰된 가슴은 중년 여자의 가슴이고 그 가슴은 암에 걸렸다. 그 여자의 시선은 전철에서, 길거리에서, 도처에서 다른 여자들의 시선과 마주친다.

하루 날 잡아, 여러 개의 전철역 벽마다 표어와 함께 나붙은 포스터들을 전부 다 기록하기. 현재의 두려움과 욕망, 상상의 실재를 정확하게 붙잡아 두기 위해서. 기억이 담아 두지 않는 — 혹은 담아 둘 가치가 없다고 판단하는 — 현재 역사의 기호들.

7월 21일

우리는 릴아당 숲의 똑바로 뻗은 긴 승마로를 산책 중인데, 그 끝이 보이지 않는다. 맞은편에서 세 명의 여자가 다가온다. 젊은 여자 둘과 어머니일 듯한 조금 더 나이 든 여자 하나로, 손에 나뭇가지들을 들고 있다. 이 오솔길이 어디로 통하는지 그들에게 묻는다. 「아무 데로도요.」 건성으로 대답하듯 말하다가, 곧바로 다 함께 의기양양한 어조로 외친다. 「그런데 노출광이 있어요!」 푸른색 러닝셔츠만 걸친 중년 남자인데, 그들이 산책하는 내내 덤불숲에 몸을 숨겨 가며 따라왔단다. 여자들은 스스로를 방어하기 위해 주워 들었던 막대기를 전투적으로 흔들어 댄다. 이러고저러고 간에 그들의 묘사에 따르면 남자는 성기 노출까지는 하지 않은 것 같다. 차라리, 그늘진 넓은 숲 덕분에 오후 한나절 무법의 욕망을 되찾은 은밀한 스토커 같달까. 무성한 잎이 달린 잔가지들 사이로 암컷을 노리는 수컷의 야만적 시선, 조상 대대로 내려오는 사냥과 흡사한 뭔가를 느끼게 해준 그 숲속 만남에 의해 여전히 들뜬 세 여자는 스쳐 간 위험 때문에 과도하게 흥분한 상태다.

11월 15일

오샹의 계산원들은 앞의 고객에게 영수증을 주고 나서 계산대 위에 놓아둔 당신의 첫 번째 물품을 집어 드는 바로 그 순간에야 인사말을 건넨다. 5분도 더 전부터 계산원들 정면에, 그들의 시야 안에 아무리 버티고 있어 봤자 소용없고, 그 사람들이 당신의 존재를 발견하는 듯한 때는 오로지 자신들이 당신이 구매한 물품들을 처리하기 시작하는 그 순간이다. 기이하고도 제의적이라 할 이러한 눈멂은 그들이 의무적 친절 수칙에 복종할 뿐임을 보여 준다. 마케팅의 관점에서 보면, 우리는 세탁 세

제와 요구르트를 돈과 교환하는 순간에만 존재한다.

이 사람들, 그러니까 다른 이들에게는 나도 익명이니 나도 속한 이 익명의 사람들, 그들에게서 보이는 그 무언가에 더는 주의를 붙들리지 않으리라는 기대. 하지만 늘 헛된 기대.

12월 2일

퐁피두 센터에서 열리는 타슬리마 나스린[24]과의 만남에는, 신분증과 함께 제시해야만 하는 초대장이 없으면 입장 금지다. 마찬가지로 핸드백을 열어서 보여 줘야만 함. 이 엄격한 검사로 인해 잠시나마 위험 분자 자격에 접근해 본 수많은 초청객은 신이 난 듯하다. 강연장에 자리 잡고 앉는 사람들 사이에서 수다와 웃음이 끊이지 않는다. 끝나기 전에 밖으로 나가는 것이 금지되자 더욱 흥분한다. 「배고파? 저런, 어째! 알지, 우리 갇힌 거!」 자신이 위험에 처했다는 상상이 불러일으키

24 Taslima Nasreen(1962~). 여성의 권리를 위해 투쟁하는 방글라데시 작가로, 1993년 『치욕』을 발표하면서 이슬람교도들의 분노를 사 추방당하고 망명길에 올랐다.

는 점점 더 강렬하고 감미로운 느낌.

타슬리마 나스린에게 질의할 사람들이 도착하여 연단 위 테이블에 청중을 마주 보고 앉는다. 프랑스의 여성 작가들, 이란 여성 한 명, 남자 두 명. 벵골식 옷차림을 한 키가 크고 아름답고 차분한 타슬리마 나스린이 들어온다. 자리에 앉는다. 남자 한 명이, 그러니까 통역가가, 그녀 뒤에 웅크린다. 발언을 시작한 첫 번째 여성 작가가 감정에 겨운 어조로 우리 주위에, 특히 이곳에는, 수백 개의 그림과 책이 있다고 타슬리마 나스린에게 설명한다. 타슬리마 나스린이 영어로 성명서를 읽고, 작가 레즐리 카플랑이 프랑스어로 옮기기 시작한다. 청중석에서 누군가가 낭독을 중단시키며 격렬하게 그의 번역을 비판하더니, 영어를 번역할 필요는 없다고 단언한다. 「영어는 모두 알아들어요.」 강연장에 있는 사람들은 동의하는 것 같다. 완벽하게 이해하지 못하는 사람은 나뿐인지 궁금하다.

테이블의 여자들과 남자들이 이제 타슬리마 나스린에게 작가적 소명과 글쓰기에 대한 질문을 한다. 아마도 번역 때문일 듯한데, 대답이 어긋나고 의례적으로 들린다. 청중석에서도 몇몇 사람들이 역시 질문을 던지고, 여성적 글쓰기가 있다고 생각하냐고 묻는다. 작가는 여성이 남성보다 더 관찰력이 뛰어나고 여성은 자신만의 글쓰기를 찾아내야 하며 자신은 여성주의자가 아니라 인본주의자라고 답한다. 참가자 모두가 자신이 나름의 역할을 한다는 느낌을 갖는 것이 중요한, 그런 의례다. 대다수 청중이 보기에, 그 역할이란 다른 사람의 질문을 비판하는 것으로 이루어진다. 작가를 바라보고 있는 사람들에게 그들이 자유를 위해 뭔가 하고 있다는 인상을 주려고 작가를 성모상인 양 이 나라에서 저 나라로 끌고 다니느니, 죽음의 위협을 받는 그 여성의 사색을 중단시키지 않는 것이 더 나을지도 모르겠다.

12월 16일

카페 플로르. 남자가 여자에게 말하고, 여자는 계속 동의한다. 남자의 힘차고 격렬한 목소리가 테라스를 가득 메운다. 그가 말하길, 〈난 스물네 시간 내내 여자의 말을 들어주고 싶지 않아, 보호자가 되고 싶지 않다고!〉. 한층 더 흥분하여, 〈나는 아이도 되고 싶고 자신의 충동을 따르는 야수도 되고 싶거든!〉. 기세가 누그러들며 꿈꾸는 어조로, 〈그러고 싶은 기분이 들 때면 떠날 수 있으면 좋겠어. 살짝 고양이처럼이라고나 할까, 알겠지?〉. 대화가 이제는 각 개인이 가진 여성적이고 남성적인 부분으로 옮겨 가는데, 남자는 마치 그것이 자신이 방금 발견한 개인적인 생각인 듯, 함께 자리한 여자에게 그 이론을 설명한다. 그가 〈지적인, 살짝 남성적인 여성〉과 함께 있으면 기분이 좋다고 주장한다. 여자가 동의한다.

두 사람은 전화번호를 교환한다. 그러고는 일어서서 나간다. 여자는 젊고 아주 예쁘다. 남자는 중년이며 겉모습이 트렌디하다. 어쩌면 그 남자는 자신이 이 카페에서 젊고 예쁜 여자들을 유혹하는 습관이 있던 사르트르쯤 된다고 생각하는지도 모른다.

1995

1월 13일

금발의 젊은 여자, 승객들이 먼저 내리게 두지 않고 RER 안으로 밀고 들어왔던 그 여자가 내 맞은편에 스낵 봉지를 들고 앉았다. 아주 규칙적으로, 서두름 없이, 봉지에 손을 넣어 칩을 하나씩 꺼내어 씹는다. 빨리 먹어 주면 좋겠는데. 칩을 파삭대면서 보여 주는 그 느림과 차분함에 심장이 점점 빠르게 뛰고 점점 짜증이 커진다. 그러자 오로지 자신의 욕망만을 따라서 불쑥 일어나, 〈낯짝이 마음에 들지 않는〉 모르는 사람에게 주먹 혹은 칼을 치켜드는 그런 청소년들처럼, 내가 그 여자를 죽일 수도 — 그래도 그걸로 충분하지 않으니 어쩌면 고문까지 할 수도 — 있겠다는 생각이 든다.

1월 14일

세상에서 가장 나이 많은 노파인 잔 칼망이 다음 달에 120세 생일을 맞게 된다. 주치의가 노파에 대해 말하고 그의 임기응변이 어떤지 들려주고 그의 생기와 장난스러움을 강조하며, 1백 세에 이것을 했고 110세에 저것을 했노라며 그녀가 해낸 일에 관한 에피소드들을 끝도 없이 풀어낸다. 「글쎄, 어느 날인가, 식당 전등의 전구를 갈고 있는 모습을 봤지 뭡니까. 그것도 식탁 위에 의자를 올려놓고 그 위에 올라서서요!」 노파는 생일 축하 편지를 수백 통씩 받는 것 같다. 마치 그러한 장수가 작품이라도 되는 것처럼. 하지만 잔 칼망은 가장 완벽한 무심함 속에서 자신의 유전적 운명을 완수한 것 말고는 한 일이 아무것도 없다.

몇 세기 전부터 서구는 바위, 나무 등 자연과 비교해 인간의 수명을 측정하고 폐허와 그곳을 떠도는 퍼석한 그림자에 대해 사유하는 데 익숙해졌다. 매해 여름, 관광객 수백만 명이 루아르강 변의 고성들, 가르 다리에서 과거의 흔적을 찾아내려고 온다. 하지만 그 무엇도 듣도 보도 못한 엄청난 세월을 지고 있는 육신, 살아 있는 인간을 보며 느끼는 감흥에는 비할 바 아니다. 우리는 양피지처럼 말라비틀어지고 쪼그라들었으나 1880년대에 아를의 거리를 뛰어다니던 소녀의 육신과 동일한 그 육신을 간직하고 싶어 한다.

1월 20일

자크 가요[25]가 카날 플러스에서 방영하는 텔레비전 쇼 「뉠 파르 아이외르」[26]의 초대객이었다. 그를 둘러싸고 진행자들과 초대객들이 지저분한 웃음과 농담을 쏟아 냈다. 그는 아무 말도 하지 않고 순진한 표정으로 미소를 띠고 있었다. 음란 마귀들이 날뛰는 솥 속에 던져진 선한 천사랄까. 지나친 순진함 — 사드 후작의 성 가운데 최악의 장소에서도 그렇게 미소 짓고 있을 그의 모습이 상상된다 — 에서는 염려스러운 구석이 — 혹은 정교한 만듦새가 느껴진다.

25 Jacques Gaillot(1935~2023). 1994년 프랑스 노르망디 지역 에브뢰의 주교로서 지역 노숙인 문제를 해결하기 위해 프랑스 가톨릭교회의 우려에도 불구하고 적극적인 사회 활동을 펼침.

26 Nulle part ailleurs.

1월 25일

부부가 보인다. 안락의자에 앉아 있는 남자는 50대로, 근육병에 걸렸다. 여자는 곁에 있는데, 둔중하고 모성적인 느낌이다. 의사가 부부에게 말한다. 남자는 병이 심해져서 견딜 수 없을 지경이 되면 의사의 도움을 받아 삶을 마감하기로 결정했다. 그 순간이 될 때까지, 의사가 정기적으로 자그마한 주택에 사는 부부를 방문한다. 세 사람은 진심을 다해 대화를 나눈다.

「때가 됐어요.」 남자가 말한다. 정해진 대로 절차를 밟는다. 잠을 재우는 첫 번째 주사, 심장을 멈춰 세우는 두 번째 주사. 아내는 주의 깊게 지켜보면서 속마음을 말한다. 모든 일이 끝나자 여자가 운다. 여자는 전날 남편이 여섯 시간의 노력과 고통으로 써낸 몇 줄짜리 마지막 편지를 찾으러 간다. 네덜란드에서 벌어지는 일이다.

그 자연스러움과 **순조로움** 때문에, 보기에 무시무시한 장면. 여기에서 죽음은 더는 소란이, 세계와 존재들로부터의 난폭한 뽑혀 나감이 아니다. 그것은 주사의 효과를 관찰하면서 의사와 아내가 조용히 지켜보는 것이다. 그리고 전혀 거론되지 않는 카메라맨도. 이 영상을 보다 보면, 이를테면 죽음의 선택이 삶의 기획의 일부가 되고 〈자신을 지워 버리는 것〉이 결혼하는 것만큼이나 생각해 볼 수 있는 선택이 되는, 그런 세계를 그려 보지 않을 수 없다.

3월

사라예보의 아이들, 폐허 한가운데의 고아들. 그중에 마리오가 있다. 아이가 하는 말, 〈밤에 엄마가 살아 있는 꿈을 꿔요〉. 그는 비니를 눈까지 내려오게 쓰고서 미소를 짓는다. 텔레비전이 그 아이를 마치 스테인드글라스 속에 들어 있는 것처럼 빛나게 한다.

5월 16일

텔레비전. 엘리제궁 앞 생토노레가에 흩어져 있는 한 줌의 사람들. 모두 손에 장미 한 송이를 들고 있는 남자와 여자와 아이 들. 그들이 머뭇대며, 주눅이 든 채, 엘리제궁 뜰로 들어선다. 다니엘 미테랑이 나와서 그들을 저택 앞 계단까지 인도한다. 프랑수아 미테랑이 불쑥 나타난다. 「거기 그러고 계시지들 마시오. 날씨가 찹니다.」 그가 뜻밖의 손님을 맞아들이는 사람이 그러듯 환대의 동작을 보이며 말한다. 다 같이 저마다 촛대처럼 똑바른 장미를 들고서 천천히 들어간다. 프랑수아 미테랑이 공화국의 대통령인 마지막 날이다.

눈물이 고인다. 자기 집 앞에 나와서 시골 노인처럼 〈거기 그러고 계시지들 마시오〉라고 방금 말한 그 남자 위로 내 인생의 14년이 저문다.

5월 20일

알마 광장 근처, 두 찻길 사이의 중앙 분리대에 웬 남자가 맨바닥에 웅크리고 누워 있다. 자동차들이 지나간다. 안노인 한 명이 길을 건너 남자 근처를 지나가면서, 멈춰 서지는 않고 흘깃 바라본다. 그러니까 죽지는 않은 모양이다.

스탈린그라드역에서, 이불 짐이 흔들흔들 전철에 올라탄다. 그 짐 한가운데에, 어깨와 머리로 침구를 버티고 있는 늙은 아랍 남자의 주름진 얼굴. 그는 자신의 카라반을 잃어버리고 홀로 흔들흔들 낙타를 타고 가는 베두인족처럼, 스탈린그라드역에서 바르베스역을 향해 간다.

6월 6일

라디오에서, 〈공화국의 대통령이 보리스 옐친에게 전화를 했습니다〉. 잠깐이지만, 여전히 프랑수아 미테랑이 눈앞에 떠오른다.[27]

같은 날 저녁 텔레비전에서, 사라예보에서 사망한 유엔 평화 유지군 소속 병사를 위해 추도사를 낭독하는 시라크 대통령. 그는 단어 하나하나를 힘주어 발음하며 여러 장에 걸쳐 나누어 적어 놓은 짤막한 텍스트를 읽어 나가다가, 다 읽은 페이지는 규칙적으로 맨 밑으로 보낸다. 기계적으로 단어와 단어 사이에서 눈을 든다. 다른 일을 하다가 짬을 내어 여기 와보니 비서가 써준 연설문이 놓여 있는 상황임을 드러내는 그는, 감정에 겨운 **체하는** 법을 아직은 모른다. 유엔 평화 유지군의 그 병사는 스물두 살이었다.

27 1995년 5월 17일에 자크 시라크가 프랑수아 미테랑의 뒤를 이어 22대 대통령으로 취임했다.

전철이나 대형 마트 정문이나 비가 내리는 날 붉은 신호등을 만나 멈춰 선 곳 등, 도처에서 『라 뤼』, 『르 레베르베르』 등을 판매하는 노숙인들이 점점 더 많이 눈에 띔. 그래도 자동차의 유리창은 내려가지 않는다. 그것은 〈노숙인들의 신문〉이지, 진짜 신문이 아니니까.

RER에서 신문을 파는 노숙인이 내리자마자 다른 한 명이 올라탄다. 「안녕하세요, 제 이름은 에리크이고 실업 상태입니다. 『라 뤼』를 구입해서 저를 도와주시렵니까.」 승객들이 대화를 중단하고 눈을 들어 바라보도록, 최대한의 성량으로 쥐어짠 목소리가 늘 앞장선다. 다소 빠르게 전철 안을 누비며, 피곤이나 환멸의 정도에 따라서 시선을 붙잡거나 회피하려는 모습. 이번에는 안경 쓴 젊은이로, 날이 더운데도 방수 외투를 입었다. 내게는 역시 에리크라고 불리는 아들이 있다.

6월 초

14번 국도를 타고 가다 틸리에앙벡생에 이르면, 교통 신호등이 설치된 모퉁이에 자리한 커다란 집 전면에 거대한 글자로 **오쟁이 진 놈**이라고 적혀 있었다. 익명의 글쓴이는 빨간불에서 멈춰 서는 수백의 운전자가 치욕의 기호를, 끝내 살인을 유발하고 말 곡언법의 표현을 읽기를 원했다. 끝없이 새로 채워지는 수많은 관중을 공급받고 자신의 작품 뒤에 숨는다는 두 가지 즐거움을 누리면서. 어쩌면 그 구시대적 모욕의 수취인은 이튿날 밤이면 다시 피어날 그 글자를 지울 엄두조차 못 내보고 이곳에 살고 있으리라.

공도(公道)에서 몇몇 사람들이 구걸하는 행위와 〈길게 누운 자세〉를 금지하는 시장의 첫 번째 포고령. 일어날 일이었다. 유행을 타지 않는 1리터짜리 적포도주 곁에 후줄근한 몸뚱어리를 노출하여 카페테라스에 자리 잡은 관광객들 기분을 상하게 할 광경을 제공하는 그 존재들을 마침내 감춰 버리는 일.

길게 누운 자세는 사랑과 잠과 죽음의 자세. 방기와 멈춘 시간의 자세. 문명과 진보를 부인하는 모습. 유혹.

세르비아인들이 스레브레니차, 제파를 탈환했다. 지금은 그 누구도 **실제** 전쟁을, **현대의** 강제 수용소를 떠올려 볼 수 없기에, 모두 분노하고는 관심을 꺼버린다.

7월 26일

어제 RER 생미셸역에서 폭탄이 터졌다. 오후 5시 반이었다. 일곱 명의 사망자들과 다리가 날아간 부상자들. 폭탄 테러를 자행할 장소로 지정된 군중이 운집하는 이 지하 공간, 개미집 위로 떨어뜨리는 한 방울의 산. 생미셸에서 목숨을 잃은 사람들 이름이 아직은 전부 다 알려지지 않았다. 일주일 뒤, 한 달 뒤, 마치 아무 일도 일어나지 않았던 듯이, 몸뚱어리들이 산산조각 났던 이 플랫폼에서 열차를 기다리리라.

12월 24일

크리스마스이브인 오늘 생선 가게에서 나오는 길에, RER역으로 내려가는 더러운 계단 꼭대기의 쓰레기통 근처에 너부러진 남자에게 10프랑을 주었다. 가난과 술로 피폐해진 얼굴. 몹시 고약한 냄새가 났다. 「즐거운 성탄절을!」 그가 소리쳤다. 나는 기계적으로 답했다. 「당신도요.」 그러고 나니 스스로가 어찌나 혐오스러운

지, 부끄러움을 지우기 위해서 그의 외투를 두르고 그의 손에 키스하고 그의 입 냄새를 느끼고 싶어질 정도다.

1996

1월 초

일주일도 더 전에 영국에서 실종된 열아홉 살의 젊은 여성 셀린 피가르의 시신이 발견되었다. 부검 결과에 따르면, 실종되자마자 곧바로 살해당하지 않았을 것으로 추정된다. 어쩌면 살인자는 휴게소에서 차를 얻어 타려던 셀린 피가르를 트럭에 태운 트럭 운전사일지도 모르는데, 그 살인자에 의해 목숨이 끊기기 전 며칠간 유폐되었더랬다. 실종이 확인된 순간과 살해당한 순간 사이의 그 기간, 그녀가 **여전히** 살아 있던 그 며칠이 이 사회면 기사의 가장 비극적 요소다. 실종된 젊은 여성의 지친들은 실종자가 자신을 풀어 주기를 바라며 영국 어딘가에 있었던 그 며칠을, 그들이 뭔가를 해볼 수 있었을지도 모를 그 시간을 계속 머릿속에 간직하리라.

다시 돌아가 그 시간 속에 머무르며 사건의 흐름을 바꾸어 놓는 일의 불가능성은 실존의 공포다. 칠레와 영국과 르완다에서도, 남자와 여자 들이 감옥에서 **여전히** 살아 있던 시기가 있었다.

1월 11일

모빌 주유소, 오후. 20대의 직원이 라디오를 들으며 계산대를 보고 있다. 내가 유일한 고객이다. 그가 내 신용 카드를 건성으로 받아 들더니 기계에 집어넣는데, 입술에 미소가 떠돈다. 듣고 있는 방송은 RTL의 「레 그로스 테트」[28]다. 라디오 사회자가 방청객 여성에게 말을 건넨다. 「그러니까 정확한 용어들을 사용해야 한다는 데 찬성이신 거죠? 글쎄, 뭘 예로 들어야 하나, 사정?」 「그럼요, 그래요, 하지만 어쨌든 너무 과하게는 말고…….」 사회자가 폭소를 터뜨린다. 「맞는 말씀인 게, 너무 과하면 온통 젖긴 하죠!」 방청석에 나와 있던 관중과 사회자에게 장단 맞추는 패널들의 웃음소리. 나는 내 신용 카드의 비밀번호를 눌렀고 계산대 앞에 서서 직원이 계산서를 끊어 주기를 기다린다. 직원은 라디오에서 흘러나

28 Les Grosses têtes.

오는 말보다도 더 음란한 쾌락에 잠겨 행복해하며, 나는 쳐다보지도 않고 계산서를 내민다.

1월 13일

정치인들, 그리고 그들의 뒤를 따라다니는 기자들은 학회, 정상 회담 등의 공허한 말에 중요성을 부여하려고 과장되게 발음한다. 또한 〈반드시 해야 한다〉라는 말 역시 마지막 음까지 힘주어 발음하고, 연음 또한 남발한다. 언론계와 정치계 특유의 그러한 발음은 학생에게 받아쓰기를 시키는 교사의 발음과 흡사하다. 시라크, 쥐페,[29] 그리고 그 밖의 인물들은 국민을 가르치고 그들에게 철자와 언어의 올바른 사용법을 교육하고 싶기라도 한 듯하다.

1월 19일

벌써 지난해의 일이 된 공연 내용.

청중석 앞 무대 바닥에 신발 한 켤레를, 가능하다면 목이 긴 신발 한 켤레를 놓는다. 연기가 자욱하게 피어

29 Alain Juppé(1945~). 1995년부터 1997년까지 시라크 정부의 총리를 지냈다.

오르도록 공들여 담배를 힘껏 빨고 나서, 신발 안쪽에 불붙은 담배를 집어넣는다. 그러니까 청중의 시야에 연기가 피어오르는 신발 한 켤레가 들어오게 되면, 청중은 묻는다. 〈무슨 일이지?〉 청중석에 동요가 일고 의문을 품은 냉소가 떠돈다. 그 순간 들려오는 말, 〈사라예보에서 버스를 기다리던 남자랍니다〉. 이 이야기는 격렬한 폭소를 유발하는데, 단 무대에 올려야 한다는 것이 그 조건이다. 연기가 가볍게 소용돌이치며 신발에서부터 올라오는 모습을 반드시 눈으로 봐야만 한다. 눈 깜짝할 새에 — 수류탄을 던질 때 드는 시간 — 증발해 버린 남자를, 폐허를 **보게 되고**, 그러면 신발 두 짝은 끔찍한 상징으로 바뀐다. 요란하게 웃어 대지 않고서는 그러한 변신을 견뎌 낼 도리가 없다.

이 이야기를 여기에 쓰는 것이 어쩌면 보스니아에서 벌어지는 전쟁을 잊지 않으려는 방법 중 최악은 아닐 것이다.

5월 초

역 대합실은 버스가 정차하는 지하 공간에 면해 있다. 저 안쪽으로 쑥 들어간 곳에서, 눈을 자극하는 강한 조명을 켠 스낵 매점이 샌드위치와 음료를 판다. 거의 늘 고장이 나 있는 에스컬레이터 발치에서 아프리카인들이 포스터를 사라고 권한다. 바닥에 놓여 있는 맥주 캔들. 어느 결엔가, 세르지프레펙튀르역은 규모는 작을지라도 마르세유, 빈, 브라티슬라바 등 사람들이 모이는 세상의 모든 역과 닮아 가기 시작했다. 오후에 스낵 매점 구석에 젊은 여자가 앉아 있는 그런 역과.

역의 주차장 벽을 장식한 그라피티들, **If your children are happy they are comunists(당신의 아이들이 행복하다면 그들은 공산주위자이다)**[30] 등등이 지워지기 시작한다. **사랑해, 엘자**는 사라졌다. 피가 흩뿌려진 **알제리, 나는 너를 사랑해**는 여전히 거기 있다.

5월 10일

몇 주 전부터 쥐가 가스레인지 뒤에 자리 잡고서 식량 — 고양이 사료 — 을 쌓아 놓고 장차 보금자리가 될 일종의 누르스름한 모직 천 조각들을 잔뜩 물어다 놨다. 오븐을 켜자마자 지린내가 났다. 쥐를 그곳에서 내

30 에르노는 그라피티의 오타 〈comunists〉까지 고스란히 기록했다.

보내려고 갖은 애를 썼지만 쥐는 버텼다. 밤마다 쥐가 식량과 천을 가져다 놓으면, 낮에 내가 치워 버렸다. 끝장을 보기 위해 그저께 저녁에 덫을 놓았다. 쥐는 용수철은 건드리지 않고 치즈만 홀라당 먹어 치웠다. 그토록 엄청난 지능은 보상받아 마땅했겠지만, 나는 아랑곳않고 계속 밀고 나가 다시 덫을 작동시켰다. 오늘 아침, 고개가 옆으로 돌아가고 두 눈을 뜬 채로 허리가 덫에 낀 쥐를 발견했다.

나는 덫에서 그 작은 몸을 꺼내어 휴지통에 던졌다. 마지막으로 레인지 아래를 청소했고 뭉쳐 놓은 천 조각들과 조금 쌓인 식량도 다 거둬 냈다. 나는 쥐의 존재에 익숙해졌더랬다. 레인지를 사용할 때, 오븐을 열 때, 쥐가 거기 아래에 숨어서 온갖 소리를 엿듣고 그 소리의 정체를 파악하며, 완벽하게 내 부엌에서의 삶에 적응했음을 알았다. 오븐의 열기조차 더는 쥐에게 놀랄 일은 아니었을 터. 나는 그 생명체와 이어진 인연을 끊었다.

6월 12일

르클레르의 채소 코너. 정액이 그렇듯이, 어질어질해

질 정도로 강렬한 락스 희석수 냄새.

8월

보리스 옐친이 헌법에 손을 대고 선서했다. 5분짜리 의식. 세계 두 번째 강대국의 수장은 퉁퉁 붓고 거의 실어증에 걸린 듯하며, 걸음걸이는 덜컹거린다. 석상이 그 대신에 온 듯하다.

P.가 은근히 마뜩잖아하며 자기 어머니에게 왜 복권을 사는지 묻자, 그 어머니가 대답하기를, 〈그저 뭔가를 기다리려고〉.

12월 13일

전철 안에 사람들이 빼곡하다. 어떤 여자 목소리가 세차게 솟구친다. 「좀 인간답게 굴어요, 다들!」 절대적 침묵이 자리한다. 자신의 불행을 이야기하고, 사람들의 이기주의, 자기 엉덩이만 따뜻하면 그만이라는 태도 등등을 비난하는 무시무시한 목소리. 그 누구도 그 여자를 바라보지 않고 그녀의 분노에 답하지 않는데, 그녀가 진실을 말하기 때문이다. 전철에서 내리다가 크리스마스 선물이 담긴 쇼핑백을 든 사람들과 부딪치자 그녀가 쏘아붙이는 말, 〈이런 허튼 물건들을 가지가지 사들이느니 차라리 가난한 사람들에게 돈을 주면 더 좋을 텐데〉. 이번에도 진실. 하지만 사람들은 선한 일을 하려고 타인에게 주는 게 아니다. 사람들은 사랑받으려고 준다. 그저 노숙인이 정말로 죽는 일은 벌어지지 않을 정도로만 노숙인에게 돈을 준다는 생각은 견디기 힘들고, 그런다고 그가 우리를 사랑하지도 않으리라.

1997

1월 10일

샤틀레역. 막 계단을 내려가려는데, 어떤 여자가 커다란 목소리로 묻는 말, 〈RER를 타려면 여기가 아니라 레 알 쪽인가요?〉. 나는 샤틀레를 통해서도 RER로 이어진다고 답했다. 플랫폼에서 그 여자가 반대 방향으로 접어들기에, 나는 돌아오라는 손짓을 했다. 바로 그 순간, 아니 몇 초쯤 뒤에, 확성기에서 여자 목소리가 울려 퍼졌다. **엄청난……** (여자가 머뭇거렸다) **연기가 발생한 관계로, 승객 여러분께서는 내리셔서 출구로 이동해 주시기를 부탁드립니다.** 〈내게도 그런 일이 일어나는구나〉와 〈**바로 그 순간에** 거기 있는 일이〉라는 생각을 했던 것도 같다. 우리는 모두 안쪽의 출구를 향해 걸었다. 확성기에서 흘러나오는 목소리가, **차분하고 침착하게** 출구로 이동하라고 되풀이해 말했다. 그렇게 알리는 여자의 목소리가 떨렸다. 내가 그쪽으로 빠져나가야겠다고 생각했던 플랫폼 끝 쪽 출구 — 생토포르튄 광장 — 를 막아선 경찰들이 우리에게 다른 통로를 가리켰다. 그곳은 연기로 가득했다. 나는 공기를 들이마시지 않으려고 애쓰면서 두려움을 품고 나아갔다. 군중의 침착함은 놀라웠다. 내 몸이 언제라도 앞으로 튀어 나가 사람들을 밀치려 할 태세임이 느껴졌다. 밖이 보이기 전 한없이 길던 몇 분. 지상으로 나가니, 전철역 입구 인도 위에 소방차가 한 대 서 있었다. 몰려 있던 사람들이 내게 무슨 일이냐고 물었다. 나는 대답하지 않았고, 사고가 정지된 채 리볼리가를 빠르게 걸어가면서, 사람들은 생미셸과 포르루아얄에서 그랬듯이 샤틀레에서도 테러가 발생했음을 모르고 있다고, 사상자들이 벌써 생활에 묻혀 버렸다고 혼잣말을 했다. 그러다가 내가 오페라로 가야 하며, 따라서 버스를 타야 함을 기억해 냈다. 나는 서서히 그런 상태에서 빠져나왔다. 어쩌면 테러 행위는 없었고 그저 단순한 재난 사고였을지도 몰랐다. 나중에, 한 시간 동안 나였던 그 여자를 생각할 때면, 놀라웠다.

1월 11일

르클레르. 계산대에서, 키가 크고 얼굴이 여드름투성이인 젊은 남자가 계산된 물건들을 다시 카트 속에 집어넣고 나서는, 아무 말 없이 손님들 머리 너머로 상점 안쪽을 바라보며 자신이 지갑을 갖고 있는 사람 — 아마도 그의 아내일 텐데 — 을 기다리는 중임을 넌지시 알린다. 모두가 기다린다. 짜증을 드러내는 통상적 몸짓들. 계산원이 전화기를 잡더니, 〈영수증 하나 대기 겁니다〉. 조금 있으니 직원이 한 명 도착하고, 가져온 열쇠로 금전 출납기를 조작한다. 계산원이 다음 손님으로 넘어간다. 젊은 남자는 카트를 버려두고 상점 안으로 가봤다가 다시 계산대로 돌아와, 무표정한 얼굴로 여전히 오지 않는 여자를 이제나저제나 기다린다. 계산원은 다음 손님이 구매한 물품들의 코드를 찍으면서도 끊임없이 강렬한 적의의 눈길을 그에게 던진다. 그녀는 그 일을 마치고 나자 일어나더니, 남자가 버려둔 꽉 찬 카트를 여봐란듯이 가져다가 한옆에 정리해 두고는 다시 자리에 앉아 나를 응대한다. 아내를 찾아서 매장 안쪽으로 깊숙이 들어갔는지 젊은이의 모습이 이제는 보이지 않는다. 내가 계산을 마치고 출구 쪽 통로로 카트를 밀고 갈 때 그 젊은이가 어디선가 나타났는데, 혼자였고, 여전히 얼굴에 그 기이한 무표정을 띠고 고개를 돌려 사방을 살핀다. 젊은이의 아내는 어쩌면 부스에 들어가서 바지를 입어 보는 중이든가 혹은 책 매대에서 책을 읽는 중일지도 모른다. 그런 게 아니라면 웃자고, 혹은 복수심으로 모두가 보는 앞에서 그에게 수모를 주려고, 정원 손질용 물품과 개 사료 사이에서 기꺼이 그를 떨쳐 내버리고 숨바꼭질 놀이를 하는지도 모른다. 그도 아니라면, 바로 이 순간을 골라서 그를 떠나기로 결정하여, 돈과 자동차 열쇠를 갖고 사라져 버린 것일지도 모른다. 혹은 그저 다른 남자를 만났고, 카페에서 그 남자와 키스를 나누다가 화장실에 처박혀 사랑을 나누는 중일 수도 있다. 현실은 거의 무한대로 해석된다.

2월 17일

45퍼센트의 사람들은 극우 정당 프롱 나시오날 당원들의 국회 진출에 흡족해하리라.

2월 20일

외로프 1 채널에 나온 브뤼노 메그레[31]가 한 말. 「우리의 생각은 프랑스 국민 사이에 넓게 퍼져 있는 만큼, 굳이 우리 당이 열다섯 명가량의 국회 의원을 보유하지 않아도 됩니다.」

59퍼센트의 사람들은 이민자라면 전부 다 피의자로 취급하고 조그마한 구실만 있어도 추방을 가능하게 해 줄 드브레 법[32]을 지지한다.

2월 22일

우리는 14시에 드브레 법 반대 시위에 참여하려고 가르 드 레스트역에 도착했다. 평상시 토요일에 비해 더 북적이는 느낌은 거의 없지만, 여론 조사 연구소에서 나온 수많은 조사원이 전철역 출구에서 사람들을 기다린다. 「시위에 참가하실 건가요? 이 설문지에 답해 주시

31 Brunot Mégret(1949~). 극우 정당 프롱 나시오날 소속 정치인.

32 당시 내무 장관이었던 장루이 드브레가 불법 체류자 여권 몰수, 외국인 지문 등록 등 국내의 반이민 정서에 부합하는 내용을 담아 발의한 이민법으로 1997년 4월 21일 자로 발효되었다.

겠습니까?」 설문지를 카페 유리창에 대고서 답을 쓴다. 우리는 마쟁타 대로를 따라, 인종 차별 철폐 운동에 앞장서는 시민 단체 〈SOS 라시슴〉이 시위에 참가한 영화인들과 만날 장소로 공지한 레스토랑 다 미모까지 내려간다. 그들은 엄청나게 시끌벅적한 가운데 아직도 식사를 하는 중이다. 다 같이 다시 출발하여 가르 드 레스트를 향해 거슬러 올라가, 시위에 참가하는 작가들과 만나기로 한 장소인 강제 수용소에서 희생된 유대인 추모판 앞으로 향한다. 아무도 없다. 아마 너무 이른지도. 조금 있으니 사람들이 도착해서 서로 얼싸안고 인사를 나누는데, 그중 키 큰 민머리 남자는 챙이 넓은 모자를 쓴 것이 몹시 예술가답다. 역 한가운데에서 작가들이 팔꿈치가 다붙게 자기들끼리 똘똘 뭉치니 그들의 등만 보인다. 그 무리를 떼어 놓으려면 완력을 써야만 할 것 같다. 두 번째 무리도 마찬가지 방식으로 모여 선다. 칵테일 파티에서 시선을 멀리 앞에 둔 채 살롱의 한 지점에서 다른 지점으로 물 흐르듯 옮겨 가며 여유롭게 돌아다니던 모습과는 다르게, 작가들은 가르 드 레스트역 대합실에서 서로 딱 들러붙은 채 자기들 부류로 인정되는 사람들이 도착할 때만 커다란 함성으로 자신들의 동아리를 열어 준다.

3시에 역 밖으로 나갔고, 마쟁타 대로에는 이미 엄청난 사람들이 몰려들었다. 우리는 시위대 선두에 섰던 작가 집단을 잃어버리고 익명의 군중 사이에 놓인다. 우리 모두 태양과 온화한 날씨를 누리며 저녁 6시까지 사람들로 가득한 인도와 인도 사이를 행진한다. 바로 그러한 순간에조차, 할 수 있는 유일한 행동은 **거기 있는** 것이었고, 존재는, 육체는, 상황의 흐름을 변화시킬 수도 있을 이념으로 바뀌었다. 이념의 실재에 대한 **증거**는 바로 그러한 존재, 아니 그러한 육체의 부재 —〈별 볼 일 없는 인간 서너 명〉 혹은 사람의 바다 — 에 달려 있었다. 그것은 바다였다.

2월 28일

RER에 울려 퍼지는 커다란 목소리. 「저는 오늘 신문을 팔지 않습니다. 신문을 팔았었는데, 이제 그런 거에 그 누구도 관심을 갖지 않는군요.」 남자가 계속해서 이어 가는 말인즉, 수많은 사람들이 드브레 법에 반대하느라 거리로 나갔지만 그 누구도 실업 문제를 해결하라며 시위하지는 않는단다. 「우리는 계속 거리에서 잠을 잘 수밖에 없고, 계속 목구멍에 풀칠하기도 어렵겠죠.」 한 번 더 밑바닥에서 솟아난 목소리가 현실을 알려 준다. 격렬한 어조로. 「1789년에 우리는 왕의 목을 쳤습니다. 오늘날의 사람들은 그런 일을 벌이기에는 너무나 겁쟁이죠.」 그사이 나는 『동 쥐앙』[33]에 대한 작품 해석 과제들을 첨삭한다. 말을 하고 있는 남자는 몰리에르 시대의 농부보다 더 가난하고 더 불행하다.

나는 그 사람에게 돈을 주지 않았다. 조금 있다가 아코디언 연주자가 달리다의 노래를 연주하며 다가왔다. 저절로 지갑을 열어 동전을 찾게 된다. 마치 궁핍의 노골적 광경보다는 즐거움이 거저 주고 싶은 마음을 더 불러일으킨다는 듯이.

3월 4일

라디오에서 알랭 마들랭[34]과 청중 사이에 오가는 질

33 1665년에 초연된 몰리에르의 작품.

34 Alain Madelin(1946~). 프랑스의 정치인. 청소년 시절부터 극우 운동에 참여했고, 그 뒤 우파 계열인 자유 민주당 대표가 되었으며, 우파 정권하에서 장관을 지냈다.

의응답이 흘러나왔다. 청중의 질문은 이랬다. 월급이 줄어든다, 연금이 내려간다, 내게는 이제 일자리가 없다, 르노가 최근에 일자리를 삭감했다. 마들랭은 질문자 각각에게 한결같은 답을 내놨다. 「**창-업**해야 합니다!」 그는 〈창-업〉이라고 발음한다. 창-업해야 합니다! 창-업! 우둔한 사람들을 상대로 말할 때 쓸 법한 말투로. 기세가 등등해서 상대방을 나무라기. 「방금 하신 말씀에서 두려움이 느껴지네요, 선생님!」 직장을 잃고 집세는 두 달 치가 밀리고 동산 압류가 들어온다는 위협을 받게 되면 실제로 최악의 겁쟁이가 아니고서야 창업하지 않을 수 없다.

어느 순간, 마들랭이 자신의 출신을 들먹인다. 「제 아버지가 단순 노무자셨어요. 월급 명세서야 저도 알죠.」 마치 자신이 노동자 단지에 살던 이전의 어린 소년과 여전히 **같은** 인물인 것처럼.

사람들과 분별력을 모욕하는 그러한 발언이 장관 출신 정치인에 의해 행해졌는데, 그 말에 담긴 경멸과 기만을 규탄하려고 끼어드는 사람이 아무도 없다. 청중에게는 받은 만큼 〈모욕을 돌려줄〉 수가 없어서 — 그들의 마이크가 꺼질 위험 — 그에게 한 달에 얼마나 버는지, 어디 사는지, 그 자신은 무슨 회사를 〈창-업〉했는지 묻지 못했다. 한 번 더, 대중 매체는 권위 있는 목소리로 내뱉어진 말도 안 되는 제안들에 정당성을 부여해 줬다. 나는 증오심이 들끓었다(그래서 지금 이런 글을 쓴다).

3월 5일

가브리엘 뤼시에는 1969년 9월 1일, 서른두 살에 스스로 목숨을 끊었다. 그녀는 자신이 가르치던 학생을 사랑했다는 이유로 수감됐는데, 상대방 학생의 나이는 당시로는 미성년인 열여덟 살이었다. 카야트[35]는 아니 지라르도에게 가브리엘 뤼시에 역을 맡기며 영화 「사랑에 죽다」를 제작했고, 샤를 아즈나부르는 이를 노래로 만들기도 했다. 그녀는 사랑 때문이 아니라 68혁명이 막 흔들어 놓은 사회의 근간에 위해를 가했기에 죽임을 당했다. 우선, 가족이라는 근간. 이혼한 여자가 교수 부부의 아들을 학업, 부르주아의 결혼 등 잘 짜인 장래로부터 빼낸다는 점에서. 두 아이의 어머니인 여자가 젊은 남자와 관계를 맺음으로써 여성에게 부과된 역할과 〈최고의 임무〉를 조롱한다는 점에서. 그다음으로, 학교

35 André Cayatte(1909~1989). 작가 겸 영화감독.

라는 근간. 교사인 여자가 교수자와 학습자 사이의 경계를 위반하고 양자 사이에서 은밀히 작동하던 욕망의 관계를 노출한다는 점에서. 법이 무대에 올라 가족과 학교의 의지를 실현하면서 대미를 맞는다. 가브리엘 뤼시에는 68의 속죄양, 현대의 성녀라 할 만하다.

3월 7일

르노 자동차가 벨기에의 빌보르드에 있는 조립 공장들을 폐쇄하자 최초로 유럽 전역에서 파업이 발생한다. 같은 시기에 주식 시장은 계속 〈날아오른다〉(이 이미지는 그 자체로 매혹적이고 가벼운 데 반해, 실업자들과 결부된 단어들, 〈강타당한〉, 〈위협받는〉은 무겁게 짓누른다). 분명히 이는, 다른 사람들, 즉 주주들이 부유해지도록 나머지가 단번에 말소됨을 의미한다. 극단적으로 말하면, 다른 쪽 사람들이 한쪽의 죽음에서 자신들의 이익을 발견한다면, 한쪽의 죽음이 받아들여질 수도 있다는 소리다. 사람들은 우리에게 해고당한 노동자들은 보여 주지만 주주들은 보여 준 적이 없는데, 그들은 돈처럼 눈에 보이지 않는다.

쿠바에서는 아이들이 자기 장난감을 다른 아이들에게 돈을 받고 대여한다.

4월 2일

오늘 오후, 한 시간에 걸쳐 프랑스 앵테르에서 레티시아라는 대학생이 〈핑크 전화〉에서 자신이 하는 일을 들려줬다. 유부남들은 직장에서 일할 시간에, 싱글인 남자들은 저녁과 주말에 전화한다. 성 발렌티누스 축일과 성 실베스테르 축일[36]에 특히 전화가 폭주하는데, 남자들이 그런 날에 혼자 있는 것을 견디지 못하기 때문이다. 레티시아는 자기 집에서 전화 통화를 하고 있으며(그럴 경우 우체부가 초인종을 누른다고 말하면서 대화 시간을 줄일 수 있으니까) 이 일은 돈 때문이 아니라 즐기기 때문에 한다고 남자들이 믿게 만들고, 남자들은 그녀의 말을 믿기 좋아한다. 〈너 정말 걸레구나!〉 그들의 아내들은 항문 성교나 사정까지 이어지는 구강성교를 거부하는데, 그들은 그런 아내들을 존중한다. 남자들 모두 발기하면 자신의 성기 길이가 최소 22센티미터는 된다고, 굵기에 대한 언급은 이젠 기억나지 않는데,

36 12월 31일.

장담한단다. 그들은 말한단다. 〈내 좆 소릴 들어 봐.〉 귀엽군.

4월 24일

빈센트 반 고흐가 편지에 쓴 말. 〈현대의 삶을 구성하는 것들의 절망적이게 재빠른 지나감을 표현하려고 애쓴다.〉

6월 2일

월름가의 고등 사범 학교. 40대로 보이는 체코인 교수가 복도에서 기다린다. 곧 강연 시간이다. 그에게는 초조감이 역력하다. 우리 10여 명은 강의실로 들어간다. 그가 살짝 떨리는 목소리로 강연 원고를 읽기 시작한다. 교수는 보기 좋은 녹색 정장을 입었고 그와 어울리는 셔츠와 넥타이를 갖췄다. 열 명의 인간에게로 흩어져 나갈 한 시간짜리 강연 내용 때문에 엄청난 불안, 어쩌면 불면에 시달렸을 텐데, 그 열 명 중 몇몇은 늘 그러듯이 연사를 공격하기에 유리한 내용만 메모한다. 강연하는 교수에게도, 무더운 날에 관심과 권태 사이를 떠돌며 그의 말을 듣는 우리에게도, 그것은 지식, 앎에

바치는 **희생**이다.

6월 18일

요람에서 무덤까지, 삶은 갈수록 쇼핑몰과 텔레비전 사이에서 굴러간다. 논밭과 저녁의 사교 모임 혹은 선술집 사이에서 보내던 이전의 삶보다 더 이상하지도 더 어리석지도 않다.

8월 5일

122세 된 여자, 인류의 최연장자인 잔 칼망이 죽었다. 거의 거국적이라고 할 정도의 애도. 그 여자는 자신의 삶에 대해 보편적으로 전수할 만한 그 어떤 증언도 남기지 않고 일기 한 권조차 남기지 않았다. 그 여자의 유일한 업적은 모든 예상을 뛰어넘는 계속된 삶이다. 잔 칼망은 그저 시간, 시간의 화신 그 자체였다.

우리가 살아 보지 못했던 시간. 그녀의 삶은 우리의 기억도, 우리 부모의, 심지어 우리 조부모의 기억조차도 가닿을 수 없는 그런 곳까지 뻗어 있다. 그 두 눈은 우리로서는 이제 재현할 수 없는 세계를 봤다. 빅토르 위고의 장례식 때는 열 살이었고, 드레퓌스 사건 당시는 스무 살이었으며, 1914년에 참전 병사들이 총구에 꽃을 꽂고[37] 떠날 때는 성숙한 여인이었으니까. 또한 모파상, 베를렌, 졸라, 그리고 프루스트, 콜레트, 라벨, 모딜리아니 등 자신보다 더 어리지만 이미 오래전에 세상을 뜬 이들과 흔히 말하듯이 〈아는 사이였을 수도 있다〉. 그 여자에게 아무런 이야깃거리가 없는 만큼 더욱 쉽게, 마치 책갈피를 옮겨 놓듯, 그 평범한 여자의 실루엣을 그녀가 가로지른 20세기의 페이지마다 옮겨 놓아도 되었다. 상처 하나 없이 말짱하고 기억하는 게 거의 없는 사람이다. 20세기 전부를 기억한다고 공인해 주려 드는 그 여자는 망각에 지나지 않기 때문이었다. 주목할 만한 역사적 사건으로 고작, 1917년 발생한 러시아 황제 암살만을 담아 뒀으니까. 그 여자는 참화나 대격변 등은 제거된, 생물학적인 순수한 시간에 지나지 않았다.

8월 12일

1995년도에 미국 시카고에 폭염이 몰아칠 당시, 종종

37 제1차 세계 대전 참전 초기, 승전에 대한 확신과 낙관적 전망으로 들떴던 프랑스의 상태를 표현한 관용구로, 전선으로 떠나는 병사들이 시민들이 던진 꽃을 총구에 꽂은 행동에서 비롯되었다.

외출을 겁내어 집에 틀어박혀 있던 수백 명에 달하는 사람들이 가난한 동네에서 사망했다. 111명의 희생자는 신원이 파악되지 못했는데, 가족과 친지가 그들의 시신을 요구하지 않아서였다. 장례는 공동으로 치렀다. 〈불도저가 파고 다시 덮은 공동 묘혈은 그 깊이가 50미터가 넘는다. 그곳에는 묘석도 묘비도 없다.〉(『르 몽드 디플로마티크』)

9월 1일

다이애나는 토요일에서 일요일로 넘어가는 밤에 알마교에서 자동차 사고로 연인과 함께 사망한다.

다이애나의 죽음이 촉발한 집단의 거대한 감정적 동요와, 알제리에서 참수당한 10여 명의 사람들의 죽음을 대하는 무관심 사이의 대조. 살해당한 알제리인들, 그들의 삶에 대해서는 아는 게 하나도 없고, 반면에 다이애나, 그녀의 불행한 결혼 생활, 그녀의 자녀들, 그녀의 미니스커트에 대해서는 모르는 게 하나도 없다. 다이애나는 여러 해 전부터 사람들이 계속 관심을 갖는 이야기를, 왕세자빈이지만 우리와 흡사한 인물이라서 수많은 여자가 자기 이야기처럼 여긴 그런 이야기를 지녀

왔다. 알제리의 익명의 사람들에 관한 이야기는 그들이 죽어서야 비로소 시작된다. 사망자 수도 그 원인이 된 불의나 야만도 감정적 동요를 촉발하지 못한다. 그런 감정은 개인사 쪽에, 부유한 젊은 여성의 얼굴 쪽에 있다.

다이애나의 죽음은 운명의 부당함에 대해 눈물 흘리는 것 말고는 다른 그 어떤 것도 우리에게 요구하지 않는다. 그 죽음은 위안을 준다. 알제리에서 참수당한 사람들의 죽음은 우리에게 아무 일도 하고 있지 않다는 수치심을 안겨 준다.

10월 24일

밴쿠버 공항 서점의 베스트셀러 매대에 놓인, 스미스 북스에서 펴낸 오르가슴에 관한 책 한 권. 띠지에 적힌 글. 〈최후의 쾌락 포인트, 직장 자궁 오목.〉

11월 7일

3년 혹은 4년 후에는 더는 유통되지 않을 프랑화. 그러한 사라짐 앞에서 거북함을, 거의 고통을 느낌. 유년기부터 지금까지 나의 삶은 프랑화로 이루어졌더랬다.

카랑바르 젤리 — 구 프랑화로 5프랑, 대학 식당 식권 — 1960년대에 2프랑, 불법 낙태 시술을 받을 당시의 비용 — 4백 프랑, 나의 첫 월급 — 1천80프랑. 앞으로 10년도 채 안 되어서 〈8천 프랑을 벌었지요〉라고 말하는 것만으로도 우리 스스로를 사라진 시대에 자리 잡게 하고, 여전히 에퀴[38]로 돈을 세던 19세기의 그 귀족들처럼 우리 스스로를 시대에 뒤처지게 하기에 충분하리라.

11월 11일

지금 내가 있는 이곳, 경계가 불분명한 신도시 공간 속 한 점인 나의 집, 그곳을 지배하는 절대적 침묵. 실험 시작. 기억에 의지해 나를 둘러싼 영토를 돌아보고, 그럼으로써 신도시에서 내가 누리는 현실과 상상의 공간이 차지하는 범위를 묘사하고, 그 범위를 그려 보기. 나는 우아즈강까지 내려가 — 여기 이곳이 제라르 필리프[39]의 집이다 — 우아즈강을 건넌다, 뇌빌의 수상 레저 공원 위를 날아간다, 포르세르지로 다시 돌아온

38 중세 때 만들어진 금·은화로, 20세기 초엽까지도 5프랑짜리 동전을 가리키는 말로 쓰였다.

39 Gérard Philipe(1922~1959). 프랑스의 배우, 감독 겸 시나리오 작가.

다, 고등 경제 상업 학교ESSEC, 레 툴뢰즈와 레 마라다 단지를 향해 내달린다, 에라니 다리를 건넌다 — 지금 쇼핑몰 아르 드 비브르에 있다 — 고속 도로 A15를 타고 돌아오다가 옆으로 빠져 들판을 가로지른다, 생투앙로몬과 위토피아 극장과 모뷔송 수도원에 들른다. 나는 퐁투아즈 상공을 이리저리로 마구 날아다닌다, 오베르쉬르우아즈까지 나아간다, 성당이 있는 언덕을 올라 묘지로, 담쟁이덩굴 아래 자리한 반 고흐 무덤으로 간다. 우아즈강을 따라서 갔던 길을 되짚어 돌아오다가, 오니에 잠깐 들름. 다시 세르지프레펙튀르의 중심지로, 그러니까 쇼핑몰 레 트루아 퐁텐, 고층 아파트 투르 블뢰, 극장, 음악원, 도서관으로 이어지는 대로로 들어선다. RER 철로와 양옆으로 줄줄이 지나가는 철탑들을 따라가면, 전면에 대형 시계가 보이는 세르지생크리스토프역까지 나아간다. 벨베데르 탑과 라 페 광장[40] 기둥들로 이어지는 거리를 걷는다. 그곳에선, 저 멀리 라데팡스와 에펠 탑의 어렴풋한 형체를 품은 거대한 지평선이 펼쳐진다.

처음으로 나는 내가 돌아다니던, 비록 그런 지 20년

40 파리 광장esplanade de Paris을 라 페 광장으로 혼동한 듯함.

이 지났건만, 그 공간을 점유했다.

11월 30일

아들과 아들의 여자 친구가 파리 동쪽, 자신들이 사는 근교 도시로 다시 떠났다.

아이들은 오후 1시에 일어났다. 어젯밤에 「엑스파일」을 보고 컴퓨터 게임을 하고 나서 새벽 3시에 잠자리에 들었으니까. 2시쯤 점심을 들고 나서, 일요일에 문을 연 쇼핑몰 아르 드 비브르를 한 바퀴 돌아보러 갔다. 두 아이는 그곳 서점에서 오랜 시간을 보내고 신상 게임을 샀다.

아들 녀석이 빨랫감을 가져왔더랬다. 나는 아침에 〈세탁기를 두 차례〉 돌렸고 오후에는 아이 옷장의 대부분을 차지하는 티셔츠들과 청바지를 후다닥 다려 줬다.

나는 지금 여기에 한 시대의 징표들, 특정 개인의 것이 아닌 징표들을 적는다. 자신을 보러 여자 친구를 데리고 파리 외곽 지역으로 찾아온 아들을 맞는 혼자 사는 여자의 일요일. 스물두 살에 처음 글을 쓰기 시작한 뒤로 시골 부모 집에서 젊은 여자가 보내는 주말이라든가 하는 그러한 일상의 소소함을 기록하려는 시도를 해보지 않았음이 후회스러움. 그러는 대신, 그 젊은 여자의 마음 상태를 기술하고 싶어 했다니.

12월 13일

마그레브 출신 젊은이인 이마드 부우드를 아브르의 운하에 던졌던 스킨헤드 다비드 본이 일기에 적은 글. 〈4월 18일, 성 페르펙투스 축일이었다. 날씨가 쌀쌀했다. 죽음의 광기가 내 존재를 덮쳤다.

우리는 보방 운하를 향해 갔고 (……) 그를 물속에 빠트렸다. 그는 가라앉았다. 피를 보고 싶은 나의 목마름이 해갈되었다. (……)

후회는 존재하지 않는다. 나는 후회라는 것이 순수한 허구임을 발견하고 황홀했다.〉

이 일기 발췌본은 일인칭 소설의 한 대목과 흡사하다. 하지만 이것은 허구가 아니고 실제로 살인을 저지른 뒤, 이마드 부우드를 살해한 뒤 느낀 감정을 정확히 기록한 글이다. 끔찍하고 **그 자체로** 아름다운 마지막 문장 앞에 홀린 듯 머무름. 하지만 마그레브 출신이라는 단순한 이유만으로 자기 또래 젊은이를 살해하지 않았더라면, 본은 그런 감정을 결코 발견하지 못했을 테고 그런 감정을 글로 남길 수 없었으리라.

글쓰기는 허구라는 조건만 충족시키면 〈용납될 수〉 있는가? 여기에서처럼 후회의 부인을 통해 범죄를 정당화함으로써 글쓰기가 범죄를 더 악화하지 않는가? 다비드 본의 그 글귀를 본 이상, 선택해야 한다. 글쓰기는 윤리 밖에 위치한다. 혹은 글쓰기는 계속 윤리의 영역에 속한다.

1998

2월 27일

커피 한잔 드릴까요? 미용사가 권한다. 그러더니, 읽을거리 드릴까요? 신문도 잡지도 아니고 대상이 무엇이든 무관한 행위, 잡지꽂이에 놔둔 인쇄된 것 아무거나. 게다가 좋다고 답하니, 미용사가 손에 잡히는 첫 번째 잡지를 가져다준다. 그런데 다르게 생각해 볼 수도 있다. 〈읽을거리〉를 〈먹거리〉와 같은 방식으로, 그러니까 무언가 〈먹을 것〉처럼 무언가 〈읽을 것〉으로 이해하기.

3월 25일

아침나절의 RER. 한 여자가 거울을 코 높이로 쳐들고 눈 화장을 했다. 또 다른 여자는 손톱을 갈더니 매니

큐어를 칠했다. 두 여자는 마치 자기 집 욕실에 혼자 있는 것처럼 승객이 가득한 열차 한가운데에서 그러한 행위들을 정성스럽고 느긋하게 완수했다. 대단한 자유 혹은 노출증, 어느 쪽인지 말하기 힘들다. 두 여자가 조용히 평온한 쾌락을 누리며 각자 손과 눈꺼풀을 깨끗하게 다듬고 반짝이게 만드는 모습을 보니, 그들의 손, 그들의 눈꺼풀이 두 여자와 별개의 대상으로 보였다.

4월 2일

파퐁[41]에게 금고 10년 형이 내려졌다. 그 일에 대해 어떻게 생각해야 할지 모르겠다. 사람들은 말하기를, 〈당시로 되돌아가 생각해 봐야 한다. 당시 상황이 그렇게 분명하지 않았다〉. 그 말인즉슨, 비시든 다른 곳이든 간에, 사무실에 앉아서 두려워할 것이 아무것도 없었던 사람들 편에 서는 것이지 아우슈비츠로 향하는 기차에 올라탔던 사람들 편에 서는 것은 절대 아니다.

41 Maurice Papon(1910~2007). 전후 드골 정부, 데스탱 정부에서 각각 경찰국장과 예산 장관으로 승승장구했으나, 뒤늦게 1981년 언론에 의해 나치 부역 혐의가 드러나면서 그로부터 무려 17년 뒤인 1998년에야 반인륜 범죄로 단죄받았다.

4월 9일

창업 지원 기관 ADIE 기관장의 프랑스 앵테르 방송 출연. 단박에 들리는 것, 그것은 그 여자가 말하는 내용이 아니라 목소리다. 부촌 뇌이에서 흔히 들리듯, 한 음절 한 음절 또박또박 발음하는 목소리, 말을 하는 것이 아니라 발음하는 목소리. 월수입 3천5백 프랑짜리, 심지어 1만 프랑짜리 삶도 겪어 보지 못한 목소리.

오샹. 이미 빵 코너에서 너무 멀어진지라 포장한 빵을 원래 있던 자리로 다시 가져다 놓지 않았는데, 그런 일은 오늘이 처음이었다. 빵을 고양이 화장실용 봉투 위에 몰래 내려놨다. 그렇게 행동한 뒤 느낀 부끄러움. 그러자 신발 코너에 버린 정육 제품, 채소 코너에 버린 요구르트, 디저트 등 대충 여기저기에 버려둔 수백 개의 물품이 그려진다. 손님들이 더는 대형 마트에서 요구하는 질서 — 바구니나 카트를 챙긴다, 여러 코너를 돌아다닌다, 원하는 물품을 향해 손을 뻗는다, 집는다, 카트 안에 내려놓거나 다시 매대에 돌려놓는다, 계산대를 향해 간다, 돈을 지불한다 — 에 복종하지 않고, 대신 과자 상자와 향수병을 열어 보고 먹고 싶은 대로 이곳저곳에서 음식을 먹으며 코너마다 난장판을 만들어 놓고 당연히 돈을 내지 않고 나가 버리기. 왜 그런 일이 벌어진 적이 없는지 궁금했다.

4월 11일

1968년까지 해마다 흑백으로 남긴 유년의 기억들. 그러고 나서 컬러로 남긴 기억들. 기억도 영화와 텔레비전이 흑백에서 컬러로 옮겨 간 것을 따라가지 않았을까?

4월 12일

마자린 팽조는 명석함과 교양을 갖춘 젊은 여성 유형 그 자체로서, 그러한 자질들은 자연스럽게 책의 집필로 귀결된다고 믿는다. 그래서 글을 쓴다. 그녀는 자신의 소설에 〈첫 소설〉이라는 제목을 붙인다. 그 제목을 통해 제목의 수행성을, 그러니까 **이것은 나의 첫 소설이다**를 강조하면서, 욕망 혹은 기대를 자아내는 단어나 문장을 통해 독자를 끌어당기는 일에는 거의 마음을 쓰지 않는다. 이름 없는 작가들이야 이 책과 저 책이 구별되게 변별성까지 부여하는 제목들이 좋지만, 마자린 팽조에게는 그렇지 않다. 그런데 자신이 프랑수아 미테랑의 딸임을 밝히지 않고서 자기 글을 읽어 보라고 출판사에 보내는 위험은 무릅쓰지 않은 것을 보니, 그녀도 자신이 쓴 소설의 가치를 그다지 믿지 않나 보다. 『첫 소설』은 〈첫 무도회〉를 생각나게 한다. 40년 전, 부르주아 가정의 딸들은 〈첫 무도회〉에서 사교계 입성을 기대했다. 그 딸들이 이제는 자신들의 첫 번째 저서에서 그것을 기대한다니, 이건 발전이다.

4월 13일

부활절인 오늘 월요일 아침, RER역들에 인적이 끊어졌다. 뇌빌위니베르시테역의 파리행 플랫폼에는 침묵 속에 끌어안은 채 꼼짝 않는 남녀 한 쌍뿐. 세르지행 열차에서는 여자의 등만 보였다. 남자는 여자 목덜미에 고개를 묻은 자세였다. 열차가 다시 출발할 때 여자의 얼굴을 볼 수 있었는데, 여자는 안경을 꼈다. 여자는 멀리, 앞쪽에 시선을 뒀다. 둘 중 한 명이 타야 할 열차가 곧 도착하겠지. 세상의 종말처럼.

5월 28일

오후 4시에 퐁트네오로즈역에 내린다는 것, 그건 작

은 시골 역에 도착한다는 소리다. 호화 저택들이 군림하는 고지대를 향해 급하게 육교로 흩어지는 승객 조금. 출구에는 과일 장수도, 군데군데 모여 있는 사람들도 없다. 외국인들도 없다. 역과 역 주변에서는 모든 것이 조용하고 선뜻해 보이며 오로지 교통 기능만 남아 있다. 이곳에는 역이란 게 필요 없는데, 그저 지나가는 장소일 뿐이니까.

같은 시간대에 세르지프레펙튀르역에서는 날마다 젊은이들 무리와 딸기나 피자 장수들이 사방으로 오간다. 지하층 정류장과 버스 냄새. 삶.

6월 2일

아침 일찍 7시쯤, 열차 안은 승객으로 가득한데 별나게 조용함. 마치 사람들이 아직 끝이 나지 않은 그들의 밤을 함께 데리고 오기라도 한 듯. 반대로 저녁이면, 사방에서 감지되는 진동, 목적성에서 벗어나 보이지 않게 공기를 뒤흔드는 에너지. 역에 정차하면 사람들은 급하게 밖으로 나간다. 아래층 열차 칸의 창문으로 달려가는 다리들이 보인다.

6월 9일

파리 10구는 사회 복지과가 구청 건물 지하층에 있다. 철책 문이 열리자마자 사람들은 계단을 달려 내려가 대기표를 끊고 자리 잡고 앉는다. 안내 데스크의 직원은 모든 사람을 향해 짖어 댄다. 어떤 남자가 그에게 서류를 내민다. 그가 소리 지른다. 「중국어잖아! 난 중국어는 몰라요.」 직원은 줄줄이 놓인 의자에 앉아서 기다리는 사람들에게로 다가간다. 「중국어 할 줄 아는 사람 있나요?」 아무도 대답하지 않는다. 직원은 다시 조금 전의 그 남자에게 돌아간다. 「중국어로 말할 줄 아는 사람이 아무도 없어요. 중국어 통역을 데리고 다시 와요.」 중국인은 그 자리에서 꼼짝 않는다. 직원이 그를 문 쪽으로 민다. 의자들 사이에서 어떤 목소리가 들려온다. 「잠깐만요. 혹시 그 사람이 영어를 할 줄 아나요? Do you speak English(저기요, 영어 하세요)?」 직원은 말소리가 난 곳을 향해 몸을 돌리더니 짖어 댄다. 「참견 마요!」 중국인은 떠난다.

그 공간에는, 협소한 투명 플라스틱 부스들이 벽을 등지고 줄줄이 놓여 있다. 각각의 부스 안에는 여자가 한 명 책상 뒤에 앉아 있고, 책상 앞에 의자 두 개가 놓여 있다. 번호를 부르면 사람들은 부스 입구에 모습을 드러내고, 여자는 앉으라고 한 뒤, 왜 왔는지 묻고 서류를 달라고 한다. 가난한 사람들의 고해소인 셈이다.

민원인이 나갈 때가 되면, 새로 도착한 민원인들을 살펴보면서 그들에게 자신의 권력과 그들의 부재한 존엄을 느끼게 해줄 태세를 갖춘 직원이, 돌려줘야 할 책무가 자신에게 있는 복사본의 시커메진 부분을 조심스럽게 잘라 낸다.

그곳은 가난한 사람들만 찾아오는 장소이고, 다른 사람들의 존재에 대한 가정 자체가 고려되지 않는 장소이다.

7월 10일

고속 도로 A15를 타고 오다가 젠빌리에교에 다다르면, 갑자기 파리 전경이 넓게 펼쳐짐. 교통 흐름 때문에 멈춰 설 수는 절대 없지만, 건물과 집 들과 에펠 탑이 미끄러지듯 지나가는 모습을 보면서 오다 보면 라 데팡스 쪽으로 우회전할 순간이 되고, 조금 전 드러난 돌로 된 거대한 형체 안으로, 전면 유리창 앞에서 원호를 그리며 흔들리는 그 형체 안으로 들어와 있다.

뇌이교로 가려면 통과하지 않을 수 없는 이 콜롱브낭테르 지역에서는 20년 전부터 계속 길들이 바뀌고 있다. 해가 바뀌었는데도 전과 같은 경로를 밟는 일은 절대 없다. 수많았던 경로에 대한 희미한 기억. 하나는 구름다리들을 타고 라 데팡스의 건물들 주위를 돌던 경로, 다른 하나는 낭테르 대학 근처의 검은색 다리 아래 멈춰 서서 한참을 기다리게 했던 경로, 또 다른 하나는 터널이 개통되기 전, 공사판 사이를 요리조리 누비게 하던 경로. 이제는 터널을 빠져나와 고속 도로 A15로 들어서기 위해 환형의 입체 교차로를 탄다. 이 모든 일이 벌어지는 양상이, 마치 라 데팡스와 콜롱브 사이의 영토에서는 해체한 뒤 조금 더 멀리 떨어진 곳으로 가져가 재조립할 수 있는 거대한 롤러코스터가 있어서 그 레일들의 위치를 계속 바꿔 놓는 것만 같다. 움직여지고 파헤쳐진 그 땅에 아직도 사람들이 있는지 궁금해질 정도로.

7월 12일

쇼핑몰 레 트루아 퐁텐의 제과 제빵점. 점원이 구운 과자를 식힘 망에 받쳐 들고 부엌에서 나온다. 점원은 오른손에만 위생 장갑을 꼈다. 식힘 망을 내려놓고 과자들을 진열대에 진열하기 시작하는데, 장갑을 낀 손과 장갑을 끼지 않은 손을 둘 다 사용한다. 나는 저 여자가 엉덩이에 갖다 대는 손이 장갑을 낀 저 손일지 궁금했다.

(그저 위생적이지 않다고 생각할 수도 있었으리라. 현실을 바라보는 또 다른 방식.)

7월 19일

오늘 오후에 식물원에 갔다. 여기저기 꽃밭과 장미가 보였지만, 살짝 버려진 느낌. 나는 동물원이 다시 보고 싶었다. 거기에, 거대한 거북이들이 울타리 안에, 하지만 멀찌감치 떨어져 있었다. 한 마리는 다 자랐고 다른 한 마리는 태어난 지 석 달째인 야크 두 마리가 철망을 따라 늘어져 있었다. 사슴 한 마리가 콘크리트 위에 펼쳐 놓은 먹이를 먹었다. 새장에는 셀 수 없이 많은 새가 소름 끼치는 소리를 내며 고인 물 위로 엇갈려 날아다

넜다.

더 멀리, 수리와 독수리가 거무스레한 나뭇잎 아래 모여 있었다. 그들 중 날개를 활짝 펼치고 붉은색 도가머리를 자랑하는 한 놈은 노출증 환자의 자세였다. 땅바닥에 찢어발겨진 죽은 쥐들. 참새와 찌르레기 들이 앵무새 새장을 끊임없이 들락날락거렸는데, 정작 앵무새들은 나뭇가지 위에 석상처럼 앉아 아무 소리도 내지 않았고, 앵무새 주위를 날아다니며 짹짹 찌르찌르 울어 대는 참새와 찌르레기 들이 남의 알곡을 콕콕 쪼아 먹었다. 다른 곳에서는, 흙 봉분에 기대어 지어 놓은 우리에 어떤 동물이 사는지 그 모습이 보이지 않았고, 흙 봉분으로부터 튀어나온 쥐들만 우리 안에서 야단법석을 떨어 댔다.

사자 우리에는 샤갈의 그림들을 넣어 뒀다. 타조들의 전용 공간 한복판에는 거대한 피아노가 당당하게 놓여 있었다. 식물원 끝 쪽으로 가니, 반은 토끼 반은 개인 괴상한 작은 동물들이 등장했다. 팻말에 〈마라〉라고 적혀 있었다. 라마 한 마리가 똥오줌을 눴고, 다른 한 마리가 그 모습을 지켜봤다. 배설한 라마가 멀어지자, 다른 한 마리가 이미 축축한 배설물 덩어리가 잔뜩 쌓인 바로 그 장소로 다가가 그곳에 똥오줌을 눴다. 날이 몹시 더웠고 강렬한 냄새가 사방에서 진동했다.

이곳은 파리에서 가장 황량한 장소로, 30프랑만 내면 입장할 수 있다.

8월 4일

오늘 아침 텅 빈 오샹에서 느낀 순수한 행복감. 쇼핑 목록을 들여다보지도 않고 시간 걱정도 없이, 마치 정원에서처럼 이곳저곳에서 몇 가지 먹거리를 주워 먹으며 물건들이 넘쳐흐르는 복판을, 이런저런 코너들과 매대 사이를 누빈다.

8월 10일

R.가 글쓰기 행위에서 사랑하는 것, 그것은 작가의 삶이다. 자유, 별개의 우월한 집단에 소속된 느낌. 하루에 가까스로 한 장을 뽑아내는 끈질긴 노력조차, 다른 사람들은 알지 못할 그런 고통도 이 삶의 우월함을 보여 주는 특징이다. 작품 자체, 사람들에게 미치는 작품의 영향력은 그 중요성이 훨씬 덜하다.

8월 16일

군대처럼 구획을 나눠 놓았고 그늘 한 점 없는, 몽파르나스 묘지. 입구 왼쪽으로 마르그리트 뒤라스의 무덤, 글자로 덮인 상판, 열여섯 적 그녀의 사진. 찌는 듯한 무더위다. 시간이 서로 비슷하게 만들어 버린 잿빛 무덤들 사이에서 모파상과 보들레르를 찾아내기란 불가능. 그저 최근 30년 동안 들어선 대리석 무덤들만 알아볼 수 있다. 그리하여 부모와 함께 얌전하게 묻힌 세르주 갱스부르가 여기 있다. 그 옆의 무덤에는 그저 클로드 시몽이라는 이름만이 적혀 있다. 관광 온 일본 여성이 사진을 찍는다. 아마도 그 여자는 클로드 시몽이 아직 죽지 않았다는 사실을 모르리라. 혹은 그저 재미난 사진을 가져가고 싶은 것이리라.

방문객들은 묘소들 사이로 돌아다닌다. 사람들은 자신들이 이곳에 무엇을 찾으러 오는지 모른다. 그저 묘석 위 이름들만 발견한다. 입구 오른쪽으로는 사르트르와 보부아르의 합장묘. 그녀가 영원한 승자였다. 노르스름하고 너무 환한 기념물인 그들의 무덤 위에는, 온갖 언어로 작성된 쪽지들.

9월 2일

그르노블 근처 난민 수용소에 사는 여섯 살, 네 살, 두 살짜리 여자아이 세 명이 버려진 자동차 안으로 들어갔다. 문이 닫혔다. 아이들은 나올 수가 없었고 그 안에 여러 시간 동안 갇혀 있었다. 사람들이 아이들을 발견했을 때, 가장 어린 아이는 죽었고, 네 살짜리는 혼수상태였다. 이 사건은 봄에 나온 토니 모리슨의 소설 『파라다이스』의 시작 부분과 흡사하다. 이곳에선 그것이 현실이기 때문에, 그 이야기를 하고 싶어 하는 사람은 아무도 없다.

9월 14일

『르 몽드』에서 케네스 스타 특별 검사가 빌 클린턴과 모니카 르윈스키의 관계에 대해 작성한 보고서를 부분 번역하여 실었다. 내용이 자꾸 끊겨서겠지만, 보고서는 같은 내용을 반복하는 잘 쓰지 못한 포르노 소설과 흡사하다. 〈그가 그녀의 가슴을 만졌고, 바지 앞섶 단추를 풀었고 등등.〉 이 텍스트의 주인공이 미국 대통령이라는 사실을 결국에는 잊게 된다. 에이즈가 무서워서 혹은 들킬까 봐 겁이 나서 진짜로 섹스를 하지는 않는 신중하고 평범한 남자에 대한 제법 흔한 이야기다. 활자화된 섹스는 사람을 평범하게 만들지만 매혹적인 구석이 있는데, 그 힘은 마지막 줄과 함께 꺼져 버린다.

저번날, 텔레비전에 대고 〈나는 죄를 저질렀고, 용서를 구합니다 등등〉을 말하던 클린턴의 영상이 더 외설스러웠다.

모니카 르윈스키는 낙태 반대 연맹 소속이었다. 구강성교에 대해서는 모든 것을 꿰고 있겠지만, 그녀가 낙태, 그 경험, 그것의 심층에 대해 무엇을 알까?[42]

10월 20일

오늘, 고등학생들이 시위를 벌였다. 착한 애들만. 나쁜 애들, 난동꾼들이 합류하지 못하게 전철역과 근교의 RER역마다 치안 병력을 배치했으니까. 근교의 불량배 무리와 파리 중심에 사는 진지하고 단정한 젊은이들 사이에 쳐놓은 방역 선. 세르지프레펙튀르역에는 개표구

42 에르노는 1999년에 본인의 임신 중절 경험을 다룬 작품 『사건』을 완성한다.

마다 보안 기동 대원이 한 명씩 서 있었다. 사복 차림의 경찰이 들고 나가는 사람들을 지켜봤다. 마그레브 출신 몇 명이 멀찌감치 떨어져 서 있었다. 오늘은 백인들만 파리행 열차를 탈 수 있었다.

10월 28일

그들은 세 명의 젊은이로, 아마도 대학생일 법한데, 한 명은 RER에서 푸코의 『성의 역사』를, 다른 두 명은 철학 서적을 읽는다. 여자 한 명이 타더니, 통로를 사이에 두고 젊은이들과 같은 줄에 아이를 데리고 앉았다. 아이는 휴대폰을 장난감 삼아 갖고 노는데, 휴대폰은 고양이 소리, 벨 소리, 여자 목소리, 그 밖의 이런저런 다른 소리를 들려준다. 대학생들은 대놓고, 그러니까 불쑥 몸을 수그려 아이의 장난감을 뚫어지게 바라보며 거슬린다는 티를 내기 시작한다. 흑인 여자인 아이어머니는 그들에게 개의치 않는다 — 혹은 그들의 표정을 해독하지 못한다. 아이는 얌전히 있게 단속하기 어려운 서너 살짜리다. 대학생들은 점점 넌더리가 나는 모양이다. 바로 그 특정 순간에 문화 차이, 관용에 대해 그들이 읽고 배웠던 모든 것은 아무런 소용이 없다. 어쩌면 철학은 현실 세계에 대한 이념 세계의 우월함이라는 명분으로, 자신들에게는 독서를 방해받지 않을 권리가 있다는 그들의 생각을 더 공고히 해줄지도 모른다.

11월 4일

파리 행정 법원. 불법 체류 외국인 아홉 명이 변호사를 대동하고 혹은 변호사 없이 경찰청의 강제 송환 명령 파기를 요구하기 위해 법정에 출두한다. 홀에 벨벳을 씌운 장의자들이 놓인 아름다운 장소다. 젊은 여성 변호사가 도착해 옆구리에 끼고 있던 법복을 걸친다. 또 다른 변호사의 도착. 사람들이 넓고 어두침침하고 텅 비다시피 한 법정으로 들어간다. 재판장은 거기 없다. 사람들은 45분을 기다린다. 경찰청 측 대리인이 앉아 있는데, 앞에 서류들을 늘어놓은 50대 여성으로 굳은 표정이다. 아버지, 어머니, 다섯 명의 자녀로 이루어진 아프리카 출신 가족은 재판석 앞에 자리 잡았다.

재판장이 도착한다. 그는 저 멀리, 안쪽에 혼자 있다. 그의 얼굴이 흐릿하게 보였는데, 실내는 조명이 약했다. 재판장의 말소리가 잘 들리지 않는다. 젊은 변호사가 아이 다섯인 가정의 가장을 위해 3분간 변론한다. 그 남자와 동거 중인 여성은 적법한 신분이고, 남자는 그 여자가 다른 남자와 낳은 자녀 네 명과 둘 사이에서 태어난 다섯 번째 자녀를 키운다. 경찰청 측 대리인이 무겁게 일어서더니, 이 남자는 프랑스에 머물 어떤 이유도 없다고 간략히 주장한다.

파티마타 N.의 변호사 차례다. 그녀는 경찰청의 강제 송환 명령 파기 소송을 위해 썼던 취의서의 논지를 재빨리 다시 말하고, 파티마타 N.에 관해 내가 몇 마디 해도 해도 되는지 재판장에게 묻는다. 재판장은 〈그러세요, 긴 내용이 아니라면〉이라고 답한다. 나는 변호사석으로 다가간다. 나는 엘리자베트 파티마타 N.이 프랑스에 적법하게 거주할 권리를 가져야만 하는 이유를 빠르게 진술하려고 애쓴다. 멀리서 재판장이 냉엄하게 나를 응시한다. 아무에게도 울림을 주지 못하는 형편없는 연극 공연을 하고 있다는 느낌. 경찰청 측 대리인이 일어서서 강제 송환 명령 파기에 대한 반대 의견을 개진한다. 총 10분 걸려, 그렇게 끝났다.

그날 저녁, 그날 아침의 모든 상소가 다 기각되었음을 전해 듣는다.

11월 21일

맑고 몹시 추운 날인 오늘, 언론 매체는 툴루즈에서 여자 한 명이 추위로 사망했고 파리에서는 세 명의 노숙인이 사망했다고 보도한다. 〈노숙인〉이라고 말하는 것, 그것은 늘 후줄근한 가방과 옷가지들을 들고 다니며 발걸음이 그 어느 곳도 향하지 않으며 과거도 미래도 없는 무성(無性)의 종족을 가리키는 것이다. 그 사람들은 더 이상 정상인의 범주에 들지 않는다고 말하는 것이다.

프랑스에는 3천만 마리에 달하는 개와 고양이 들이 살고 있는데, 사람들은 이런 날씨에 무슨 일이 있어도 그 동물들은 절대 밖에 내버려 두지 않으리라. 남자와 여자 들은 길거리에서 죽게 내버려 두는데, 아마도 우리와 같은 욕망과 욕구를 지닌 우리와 비슷한 사람들이어서일 테다. 우리 자신의 일부, 더럽고 온통 결핍 상태라 얼이 빠진 이 일부를 견디기는 너무 어렵다. 강제 수용소 근처에 살던 독일인들은 이투성이 넝마를 걸친 유대인들이 인간에 속한다는 생각을 하지 않았다.

가장 추웠던 어젯밤 동안, 실직자인 50대 노동자 부부가 강아지를 데리고 공동묘지 화장실에 대피해 있었다.

12월

라디오에서 「광산촌」[43]이 흘러나옴. 피에르 바슐레가 부른 이 노래는 좌파가 권좌에 오른 해인 1981년에 자주 들렸다. 그 노래는 석탄, 규폐증, 끝이 보이지 않는 빈곤과 조레스[44]를 성난 외침처럼 들려주는데, 그 외침 속에는 1세기 전부터 억압당한 사람들이 무리 지어 있다. 그것은 그 시대의 희망과 인민 전선의 상상력과 붉은 장미와 어울리는 노래였다. 그리고 그러는 동안 현실은 가차 없이 나아갔다. 실직과 해고, 주식 투자, 가난.

43 Les Corons.

44 Jean Jaurès(1859~1914). 프랑스의 정치인. 1892년 카르모 광부들의 파업 투쟁 당시 민중 운동 경험을 쌓으며 노동자들의 벗이 되었고, 1893년 사회주의자 후보로 출마하여 하원 의원에 당선되었다. 현 공산당 기관지 『뤼마니테』의 창립자이기도 하다.

전철역 통로에 앉아서 고개를 숙이고 손을 내밀기. 발소리가 들리고, 지나가는 다리들, 속도를 늦추는 다리들이 보이면 희망을 품기. 나라면 이것과 몸 팔기 사이에서, 공개적 수치와 은밀한 수치 사이에서 무엇을 택할까? 그러한 대가를 치르고서만 알 수 있는 진리가 있는 것처럼, 버려짐의 극단적 형식과 견주는 일이 내게는 필요함.

1999

1월 1일

스트라스부르에서 쉰 대, 루앙에서 열여섯 대, 아브르에서 여덟 대, 보르도와 툴루즈에서도 또 다른 자동차들이 〈변두리 젊은이들〉에 의해 불에 탔는데, 내가 빌려 쓴 그 표현은 그들을 다른 젊은이들과 구별한다. 그들은 사회가 숭배하는 대상을 불태우며 새해를 축하했다. 게다가 그 숭배 대상은 바로 같은 날 쉰 명의 사람들을 죽였지만, 그 누구도 그 일로 마음 쓰지 않는다.

스트라스부르에서는 시가 나서서 〈그들〉을 위한 신년맞이 행사들을 미리 마련해 놓고는, 그렇게 그들을 얌전하게 붙잡아 둘 수 있기를 바랐다. 그건 그들을 그 정도의 책략도 간파하지 못하는 아둔한 사람들로 혹은 인간이 어르려 애쓰는 야수로 간주하는 거였다. 따라서 그들은 스스로 자신들의 축제를 자유롭게 고를 수 있음을 난폭하게 보여 줬다.

1월 2일

세일. 쇼핑몰 레 트루아 퐁텐의 주차장 입구마다 늘어선 자동차들로 입구가 막혔다. 사람들은 정복한 도시를 노략질하는 사람들처럼 옷가지, 식기에 일착으로 달려들고 싶어 한다. 사람 물결이, 아이들을 유아차에 태우고 총출동한 가족들이, 무리 지은 여자아이들이 통로마다 휩쓴다. 상점마다 흐르는 광기. 거대한 탐욕이 공간을 채운다.

쇼핑몰은 이번 세기말의 가장 친숙한 장소가 되었다. 카롤, 프로기, 라코스테에서 사람들은 그들이 살아갈 수 있게 도와주는 그 무언가를, 시간과 죽음에 맞설 도움을 구한다.

1월 5일

퐁투아즈 병원의 구강외과. 세 명이 손에 서류를 들고 접수대에서 기다린다. 접수 직원은 같은 부서에서 일했던 듯한 누군가와 높고 큰 목소리로 통화를 하면서 이런저런 사람들의 소식을 전해 주다가, 어떤 간호사를 소리쳐 부르더니 수화기를 건넸다가 다시 돌려받고 말하기를, 〈그만 끊어야겠어, 사람이 많아!〉.

문이란 문은 전부 다 열려 있다. 커다란 통로가 있는 수술실 구역과 대기실을 연결해 주는 두 짝 여닫이문도. 그 커다란 통로 양옆으로 위치한 진료실의 문들도. 극도의 혼잡이 군림하고, 간호사들이 이 진료실에서 저 진료실로 돌아다니고, 서로 불러 대고, 농담을 나눈다. 「난, 자유야!」(어떤 의사도 자신을 호출하지 않는다는 의미.) 「어머, 그렇구나, 난 네가 결혼한 줄 알았는데!」 웃음소리.

나를 의자에 앉혔다. 내 수술에 사용될 도구들을 늘어놓던 젊은 여자 두 명 중 한 명이 다른 여자에게 신고 있는 신발이 편한지 묻는다. 「그럼! 알지, 나 무릎에 문제 있는 거.」 「인대?」 「아니, 스키 타다가, 오래전 일이야.」 「나도 같은 걸로 사야겠다. 어디서 샀어?」 그러니까 고작 몇 분 뒤면 외과의가 진료실에 나타나 내 잇몸의 일부를 절개할 텐데, 신발에 흥미를 느끼는 여자들이 있다.

1월 8일

언론에서 〈평온한〉 겨울 스포츠 휴양지(모순 어법이 이미 함축되어 있다)에 와서 단골 휴양객들의 휴식을 방해한, 그 〈임대 아파트촌 아이들〉에 대해 엄청나게 떠들어 댔다. 스키 코치를 쌍년, 씨발년 취급하는 5세 여자아이의 이야기를 인용했다. 마치 결정적인 증거를 가져왔기에 그 증거라는 게 어떤 성질의 것인지, 그러니까 난폭함을 보여 주는지 혹은 다른 아이들과 비슷해지기는 돌이킬 수 없이 불가능함을 보여 주는지 규명할 필요도 없다는 듯이 말이다. 하지만 다섯 살짜리 여자아이의 입에서 나오는 〈쌍년, 씨발년〉은 좋은 동네에서 자라는 아이들의 입에서 나오는 〈못된, 나쁜〉이라는 말 이상의 그 무엇도 의미하지 않는다. 좋은 동네 아이들과 (사람들이 은근슬쩍 암시하려 드는 것과는 반대로) **그 어떤 본질적 차이**도 드러내지 않는다.

1월 11일

저녁에 RER를 타고 집으로 돌아가는 여정은 두 가지 시간의 흐름을 갖는다. 메종라피트까지, 가끔은 아셰르까지이기도 한데, 갈 때와 마찬가지로 아무런 기다림도 없는 시간이다. 무덤덤하게 받아들인, 막연히 이 생각 저 생각에 잠길 수 있는 이동 시간. 그러다가 목적지에 도착하기 전 마지막 10분에 들어서면, 도착하고 싶은 욕구 말고는 아무것도 존재하지 않는 다른 시간이 시작된다. 기차의 규칙적인 움직임, 갈수록 도시화가 덜 된 풍경, 논밭의 펼쳐짐, 모든 것이 내면의 시계로 재면 점점 느려지는 듯하다. 그 시간 동안에는 어떤 생각도 불가능하다. 기차에서 내려 출구로 향하는 계단을 올라 개찰구를 통과하여, 주차장의 서늘한 공기와 차로 이어질 순간만을 열망하기. 또렷한 이미지들은 거의 없고 그저 일종의 행복인 것을 향한 본능적 충동. 저녁마다 늘 같은 텅 빈 10분, 순수한 기다림.

1월 12일

텔레비전에서 노르도(道)의 소도시 마르캉바뢸에 위치한 비행 청소년 감호소에 관한 르포를 틀어 준다. 사내애들만 있고, 5시까지 책임자들이 관리하며, 그 이후 저녁 시간은 자유다. 아이들은 무엇을 해야 할지 모르고 방에서 대마를 피운다. 「마리화나를 피우면 금방 기분이 훨씬 좋아져요.」 그 아이들은 학교 이야기는 절대

하지 않는데, 마치 그들의 삶에 학교란 존재한 적이 없었던 듯하다. 몇몇 학생들은 읽을 줄도 모른다. 많은 아이가 공책은 페이지 맨 위에서부터 쓰기 시작한다는 것을 모르고, 한가운데나 아랫부분이나 혹은 아무 데나 적기 시작한다. 그들은 재미를 보고(자동차를 파괴하기 등등) 잡히지 않는 것 말고 중요한 건 아무것도 없다고 말한다. 그들은 자신들은 젊음을 충분히 누렸다(〈만약 젊다는 것, 그게 말썽 한 번 안 피우고 숙제나 하는 거라면, 그런 건 삶이 아니죠〉)는 느낌이 훗날 들리라고 확신한다. 말썽 피우기는 쾌락의 유의어다. 우리가 눈으로 볼 수 없는 바로 이런 것이 사드의 책들보다도 더 공포스러운데, 개념화도 미적 거리 두기도 없는 날것이어서다.

1월 15일

세르지역 플랫폼에 세워 놓은 역명 알림판 아랫부분에 **퐁 카르디네역**이라고 적혀 있다. 열차도 RER도 그곳에 정차하지 않는다.

2월 15일

D.의 이야기가 세르지의 상점들에서 〈고급〉 옷으로 흘러간다. 그는 자기가 마크스 & 스펜서 스웨터를 입고 웨스통 구두를 신고 있다고 손으로 가리킨다. 그가 말하길, 〈라코스테는 입다가 딸에게 물려줘〉. 자신이 걸친 상표들을 영광의 타이틀처럼 늘어놓음. 좀 더 세련된 세계에서는 〈변두리 젊은이들〉이 라코스테에 환장하게 된 뒤로 더는 그 상표를 걸치지 않는다는 사실을 모른다. 그에게 그러한 사실을 말해 주면 아마도 몹시 자존심이 상하리라. 상표는 자신이 위치한다고 믿는 사회적 지위를 표시할 목적의 상징들이다.

(어느 날 저녁, 다시 옷을 챙겨 입으면서 슬라브어 억양이 강하게 드러나는 말투로, 〈셔츠는 체루티, 넥타이는 디오르, 바지는 생로랑, 벨트는 랑뱅 등등〉이라며 자신이 다시 걸치는 옷가지마다 상표를 나열하던 S.에 대한 기억. 중세의 기사가 경건하게 다시 하나씩 걸치는 보호 장구처럼. 그는 그런 겉옷 아래에, 흰색 러닝셔츠와 동구권 국가에서 만든 후줄근한 팬티를 입고 있었다.)

3월 24일

기자가 여론 조사 결과를 전달한다. 질문을 받은 프랑스인 중 42퍼센트가 〈아랍인이 너무 많다〉라고 응답한다. 〈인종 차별적 발언이 보편화되고 있습니다〉라고 덧붙이며. 〈아랍인이 너무 많다〉라는 문장이 실제로 뇌리에 남는 유일한 문장이다. 아랍인 대신 〈유대인〉을 넣어 본다면, 1999년과 1939년 사이에 차이가 크지 않음을 알아차리리라. 이 여론 조사와 그 결과를 소개하는 방식은 인종주의를 교묘하게 정당화한다. 사람들의 머릿속에서, 하나의 의견에 불과한 것이 진실이 된다.

3월 26일

파리발 몽타르지행 열차는 역마다 선다. 이번 역은 부롱마를로트다. 완전히 막혀 있는 벽면 전체에 페인트칠이 되어 있고, 빛바랜 칠 위에 거대한 글자로 **뒤보네**라고 적혀 있다.

좀 더 가다가, 차창을 통해서는 역명이 보이지 않는 역에서 다시 정차. 플랫폼을 따라서, 작은 세로 막대기들을 가로 막대기 하나로 엮어 놓아 일정하게 톱니 모양을 이룬 시멘트 울타리 — 이제는 어찌나 잿빛인지

고색창연하고 부서지기 쉬운 작품처럼 보인다. 예전에는 프랑스의 역마다 플랫폼을 따라 울타리가 세워져 있어서, 기차가 오기를 기다리며 아이들이 그 위로 올라가곤 했었다.

아무도 타거나 내리지 않았다.

3월 27일

나토가 세르비아에 대항해 〈개입하기〉로 결정 내렸다. 평소처럼, 정당함이 어느 쪽에 있는지 모르겠다는 느낌. 그러자 저녁나절의 베오그라드가, 대규모 광장과 사람들로 새까맣던 카페들과 이 테이블에서 저 테이블로 뛰어다니나 그 누구도 밀어내지 않던(온정주의, 확실한 우월감 혹은 후한 인심?) 집시 아이들의 모습이 눈앞에 떠오른다. 새벽의 베오그라드와 사람들이 올라타던 버스들의 행렬도. 이제 그 사람들을 상대로 전쟁을 한단다. 하지만 코소보인들에 대한 이미지나 기억은 없다.

4월 6일

몇 날 밤을 계속해서 베오그라드와 세르비아의 다른

도시들에 폭탄이 비처럼 쏟아진다. 바로 그 시간에, 세르비아의 군인들은 차분하게 코소보에서 학살을 자행하여 코소보인들이 달아날 수밖에 없게 만든다. 각기 별개의 무대에서, 수평으로 그리고 수직으로 펼쳐지는 기이한 죽음의 무도. 나토군이 발사하는 폭탄들이 끝도 없이 세르비아 주민들 위로 떨어지고, 그런가 하면 세르비아 군인들은 코소보 주민들을 내몰아 긴 행렬을 지어 망명의 길로 나서게 하리라는 상상이 가능하다. 미사일과 세르비아 전범들이 서로 만날 확률은 수학적으로 전혀 없기에.

부활절 월요일인 어제, 노르망디에서는 사람들이 바닷가 테라스에서 식사를 했다. 저녁에 파리로 돌아가는 고속 도로는 몇 시간 동안 정체됨. 오후 시간을 통틀어서 내가 단 한 번도 발칸 전쟁에 대해 생각하지 않았음을 깨달았다. 그러한 **생각**의 가치와 유용성은 무엇일까.

4월 10일

8년 전의 걸프전과는 달리, 발칸 전쟁은 반발도 성찰도 별달리 촉발하지 못한 가운데 계속된다. 이제부터는 파괴와 죽음이 필요악인 듯이 보인다. 우리가 보스니아에 개입하지 않았던 대가를 세르비아 주민에게 치르게 한다. 이건 만회전(挽回戰)이다.

같은 내용을, 그러니까 나토 측의 세르비아 〈폭격〉과 3주 전에는 우리에게 알려지지 않았으나 이제는 생나제르와 샹베리만큼이나 익숙해 보이는 포드고리차와 블라체[45]로 밀려든 코소보 난민에 관한 이야기를 듣고 읽는 이 지겹다는, 끔찍한 감정. 어쨌든 여전히 구경거리로 남아 있으나 그에 대한 흥미가 닳아 없어지게 하는 익숙함.

4월 13일

일요일, 나토 측 인사가 텔레비전에 나와 발칸반도에서 진행 중인 군사 작전에 대해 말한다. 양복 상의와 감탄을 자아낼 정도로 잘 어울리는 넥타이를 맸고, 아주 우아하며 잘생김. 그 근사한 넥타이는 사소하나 기운 빠놓는 점인 것이, 한창 전쟁에 대해 말하고 있는 저 남자가 지금 전쟁을 수행하는 사람들에 속할 일은 결코

45 세르비아 남부, 마케도니아 국경 지역의 도시.

없으리라 예고하는 오만한 신호인 셈이어서다.

이번 전쟁이 야기한 갖은 고통의 광경에 익숙해지는 느낌. 어쩌면 교량, 열차 등등의 파괴보다도 인간이 겪는 고통의 광경에 더 익숙해지는 느낌이랄까.

오늘 저녁 프랑스 2 채널에서는 지식인과 정치인이 나와 발칸 전쟁에 대해 토론한다. 같은 시간, TF1에서는 우스개에 능한 두 남자를 보여 주는데, 그들은 윤기도는 환한 얼굴의 여자에게 신체 치수를 묻는다. 「88, 65, 80.」 그녀가 단숨에 대답한다. 남자들이 좀 더 정확히 말해 달라고 청한다. 여자는 애태움 없이 즉각 환한 얼굴로 답한다. 「가슴 88, 허리 65, 히프 80.」 그녀는 톱모델이고, 무대에 올라 워킹할 때 자신이 느끼는 감정을 이야기한다. 어느 날, 특별석에 앉은 사람들을 향해 눈길을 떨궜다가 장폴 고티에가 자신을 향해 미소 짓는 모습을 봤단다. 그때 느낀 감정은⋯⋯ 그 여자로서는 표현할 말이 부족하다. 끝맺음으로, 지나치게 흥분한 두 명의 진행자 중 한 명이 예언한다. 「잘 기억해 두세요, 이 쥘리라는 이름을! 그녀에 관한 이야기가 여러분

귀에 들려올 겁니다!」 박수갈채. 아름다움과 성공이 가치인 그 세계, 장폴 고티에가 신의 미소를 지닌 그 세계는 계속 잘 굴러갈 거라는 점을 인정해야 한다.

4월 14일

내리는 눈을 맞으며 국도 교차로에 설치된 신호등 아래에서 어떤 남자가 먹을 걸 달라고 했다.

전쟁 발발 20일째. 구호품이 수용소의 코소보 난민들을 향해 밀려들고 수천 명의 사람이 난민 가족을 자기 집에 받아들이겠다고 나선다. 코소보인들의 탈출은 뇌리를 강타한다. 난폭하고, 집단적이며, 유일한 원인인 밀로셰비치의 탓으로 돌릴 수 있다는 점에서. 희생자들에게 그 어떤 책임의 몫도 없고 그 어떤 원조도 제공되지 않는 불행이다. 순수 상태의 비극. (아누이가 말하길, 그런 비극을 겪으면 사람들은 평온하다고 했다.) 그리고 여자들은 예전 우리 나라의 농촌 여인들처럼 세모꼴 머리쓰개를 쓰고 긴치마를 입고 있다.

미등록 체류자와 노숙인, 실업자 들은 무관심만 자아낸다. 그건 다양한 이유로 인해, 화려한 볼거리를 제공하지 못하고 서서히 고립된 채 진행되는 불행이다. 그 희생자들이 정말로 어찌해 볼 도리가 없는 것인지, 사람들은 의심한다(어쨌든 간에, 재워 주는 보호 시설도 있고, 잘 찾아보면 일자리도 있고 등등). 그 불행은 구호물자 이외의 것을 요구한다.

6월 18일

발칸반도에서 벌어졌던 전쟁이 끝났다. 텔레비전에서 보이던 폭격의 정당성에 관한 격렬한 토론과 탈출과 파괴의 장면들이 먼 과거의 일인 듯하다. 그러니까 이 전쟁은, 저 심층에서는, 우리에게 아무것도 아닌 거였다.

전철역 주차장 담벼락에 지금은, **렐라, 널 사랑해**라는 거대한 글자가 적혀 있다.

8월 11일

낮 12시 10분쯤, 햇빛이 스러지기 시작했다. 커다란 그림자가 정원 풀밭에 드리워졌다. 그건 꿈과 과거의 빛이었다. 침묵이 모든 걸 집어삼켰다. 테라스 맞은편 전나무에서 나뭇가지들이 소란을 떨어 댔는데, 다람쥐 한 마리가 꼭대기에서부터 돌이 굴러떨어지듯 후다닥 내려와서였다. 그러더니 곧 선명한 어둠이, 선선한 기운이 찾아들었다. 아래쪽 거리의 가로등들에 불이 켜졌다. 그 상태가 아주 오랫동안 지속된 느낌이었다. 이런 걸 이전에 본 적이 없었기에 내가 본 걸 실제로 본 건지 확신이 서지 않았다. 햇빛은 정말로 서서히 되돌아왔다.

검은색 원반이 태양 앞을 미끄러지듯 지나 서서히 줄어드는 모습을 계속 지켜봤다. 1시 40분, 달이 태양 앞을 완전히 지나갔다. 서러운 느낌, 어린 시절 영화나 바닷가에서의 하루가 끝나 버리면 찾아들던 바로 그 감정. 내게 원심력으로 작용하는 공허감.

한 세기가 저물어 가는 최근 몇 달 동안, 모두에게서 생겨난 야릇한 역사의식. 연극이 곧 끝나 가는데, 불쑥 자신들이 그 연극에 출연한 배우들임을 깨닫는다. **우리는 대지 위를 지나가리라**…….

8월 14일

라벨과 콜레트의 「어린이와 마술」[46] 방영이 늦어졌고,

3번 채널에서는 아직도 뉴스를 하고 있었다. 앵커가 〈걸프전이 발생한 1991년 이래로 — 어쩌면 우리는 그 사실을 잊고 있었을 텐데 — **50만** 명에 달하는 이라크 어린이들이 치료와 음식 부족으로 목숨을 잃었습니다〉라고 말했다. 그는 곧 한층 열광적인 어조로 보도를 이어 갔는데, 〈하지만 미국은 이라크의 병원 복구를 위해 **1백만** 달러를 기부할 것으로 알려졌습니다〉. 사망한 이라크 어린이의 목숨값을 2달러로, 환율을 고려하면 10프랑 혹은 12프랑으로 친 셈. 그러고 나서 병원에 있는 아이들, 보호 난간이 달린 작디작은 침대에 누운 삐쩍 마르고 쇠약한 모습의 아이들 영상으로 넘어갔다. 조금 뒤, 앵커는 생필품과 의약품 보급이 유엔에 위임됐던 지역에서는 〈아이들이 **1백 명 중 스무 명**만 사망했습니다〉라고 단언하며, 유엔 안전 보장 이사회의 발표를 인용했다. 앵커는 그만큼의 수치들을 우리에게 제공할 수 있어서 행복해 보였다.

뉴스가 끝나고 마주한 것은 고양이들의 야옹거림과

46 콜레트가 대본을 쓰고 라벨이 작곡한 어린이를 위한 오페라로, 1925년에 초연되었다.

양치기 소년들의 한탄과 인도제 찻주전자와 영국제 찻잔의 춤 등 구식의 경박함을 풍기는 「어린이와 마술」의 우아함과 우스꽝스러움, 그리고 부유한 서구 부르주아 계급의 우아한 꿈. 여성 성악가가 연기하는 볼이 통통하고 엉덩이가 토실한 아이는 그 계급의 희화화된 계승자로 보였다.

밖의 삶은 온갖 것을 요구하나, 대부분의 예술 작품은 아무것도 요구하지 않는다.

9월 1일

그것들은 북동쪽에서, 세르지 고지대의 나무들과 집들 뒤편에서부터 나타나서 우아즈강 굽이의 거대한 상공을 가로질러 공항이 있는 루아시로 향한다. 지치지도 않고 9월의 햇빛을 꾸준히 찢어발기며.

항공 교통이 만들어 내는 난공불락의 소음. 굉음이 들리기 시작할 때마다 길게 이어지는 소리가 머리 위를 가로질러 멀어지기를 기다리기, 다음 비행기 소리를 기다리기, 비행기 소음 주기에 맞춰 살기.

어느 날엔가, 상공 전체가 〈항공 교통〉의 공간이 될

테고, 땅 위의 길보다 더 시끄러운 하늘길이 상공을 누비면, 하늘을 뒤덮은 항공기들이 서로 부딪쳐 떨어지며 해마다 하늘과 땅에서 1만 명의 사망자를 만들어 내리라. 지금 자동차 사고에 대해 그러하듯이, 잔인한 무관심 속에서. 바로 그것이 인간이 신을 닮은 지점이다.

10월 28일

러시아가 차분하게 체첸인들을 학살한다. 누구도 그 일로 마음 아파하지 않는다. 볼테르의 소설에서 빠져나온 듯한 이름을 지닌 이 사람들은 정말로 존재하는 걸까. 사람들은 러시아의 역사를 유혈이 낭자한 허구로 치부하는 버릇이 들어 버렸는데, 거기에는 몹시 추운 스텝과 보드카와 주요 등장인물로 괴물과 미라 혹은 어릿광대가 나온다. 옐친이 그 세 캐릭터의 특성을 동시에 갖고 있다는 생각은 완벽함의 경지에 오른 **토포스**일 뿐이고, 체첸인들에 관한 장(章)은 앞선 장들의 흐름 속에 있다. 러시아가 누리는 처벌 면제는 암암리에, 지역도 이성도 인간성도 극한에 위치한 민중 신화에 기인한다.

11월 4일

세르지역 담벼락에서는, 녹색과 흰색 작은 바둑판무늬 원피스를 입은 여자의 다리를 푸른색 코듀로이 바지를 입은 남자가 다리를 반쯤 굽혀 꽉 죄고 있는 모습을 볼 수 있다. 여자는 정면을 보고 있고 원피스 아래쪽 단추들이 풀려서 맨다리가 드러났다. 제작 연도가 1970년대 말로 추정되는 히피풍 벽화로, 역사 개보수로 인해 곧 지워질 예정이다.

성기가 있을 것으로 추정되는 지점의 원피스 위로 누군가가 붉은 페인트를 뿌려 놓아, 피가 튄 얼룩 같다.

옮긴이의 말

타자, 또 다른 나

에르노는 1993년에 『바깥 일기*Journal du dehors*』를, 그로부터 8년의 시간이 흐른 뒤인 2000년에 『밖의 삶 *La Vie extérieure*』을 발표한다. 두 작품은 별개로 존재하나 그 뿌리는 하나로서, 형식과 기획 의도를 공유한다. 우선, 두 작품 모두 일기 형식을 빌리고 있다. 『바깥 일기』는 1985년부터 1992년 사이에 작성한 일기들을 간추린 작품이고, 『밖의 삶』에 실린 일기들은 그 뒤를 이어 1993년부터 1999년 사이에 쓰인 것들이다. 흥미롭게도, 흔히 일기라고 하면 떠올리기 마련인 내면 일기와는 거리가 멀다. 문학 실천에서 작동하는 기존의 그 어떤 권위도 당연시하지 않는 작가답게, 에르노는 2세기 전에 탄생한 뒤 일기라는 장르의 주류 형식이 된 내면 일기가 왜 계속 확고한 위치를 누려야 하는지 물으며 내면 일기를 비튼다. 그렇게 외면 일기와 에트노텍스트 사이의 경계에 자리한 글들이 태어났다. 거기에서 작가의 눈은 자기 안의 심연이 아닌 바깥세상을 바라보고 작가의 귀는 내면의 목소리가 아닌 타인의 목소리를 향해 활짝 열린다.

이처럼 독특한 유형의 글들을 세상에 내놓은 이유가 무엇일까? 에르노는 『바깥 일기』가 출간된 지 3년이 지난 시점에 뒤늦게 덧붙인 서문에서 그 궁금증에 대한 답을 내놓는다. 〈집단의 일상을 포착한 수많은 스냅 사진을 통해 한 시대의 현실〉에 가닿고 싶었노라고. 작가는 사진처럼 객관적인 자신의 기록을 통해 실재가 고유의 〈불투명성과 수수께끼〉를 품은 채 그저 거기 있기를 바랐다지만, 우리 모두 사진의 객관성 뒤에서 무엇을 어떻게 기록할 것인가를 결정하는 작가의 주체적 시선이, 에르노의 말을 빌리자면 〈작가의 무의식적 강박과 기억〉에 의해 추동되는 고유의 시선이 작동할 수밖에 없음을 안다. 작가 역시 작품을 마치고 나서, 기획 의도와는 다르게 끼어듦을 자제하지 못했다고 실패를 자인한다. 독자의 입장에서는 반가운 실패인 것이, 때로는 웃지 않을 수 없게 엉뚱하고 때로는 감당이 안 되게 솔직하며 때로는 아플 정도로 예리한 작가의 목소리가 더해지면서, 작품에 생동감과 풍성함이 더해지는 효과가 생겨났다.

다수의 사회적-자전적[1] 작품과 인터뷰 등을 통해 알려졌다시피, 에르노는 반농반상 출신의 부모 밑에서 태어났으나 어머니의 교육열과 본인의 지적 노력 덕분에 계급 상승을 이룬 경우이다. 교육 시스템이 제공하는 사회화 과정을 거치면서 계급에 따른 문화 자본의 차이가 어떻게 사회적 지배 관계의 재생산에 작용하는지 뼛속 깊이 체험했던 에르노는, 떠나온 계급과 새로이 진입하게 된 계급 사이에서 찢김과 모색의 시간을 보낸 뒤, 자신의 사회적 위치에 대한 객관적 분석에 이르게 되고, 그 결과 자신을 상향 계급 이탈자 혹은 계급 종단자라고 거침없이 규정한다. 그런 만큼, 일기에서 에르노의 시선은 자연스럽게 자신이 떠나왔던 피지배 계급

1 에르노는 〈자기 반영의 문학, 나는 그 개념을 이해하지 못하고 그런 생각은 거의 고통을 자아낸다〉라고 말할 정도로, 자신의 사적 체험이 문학적으로 말할 만한 가치가 있다면 그것은 사적 체험의 유일무이성 때문이 아니라 상대성과 집단성 때문이라고 강변한다. 그런 만큼, 굳이 〈자전적〉이라는 꼬리표를 달고 싶다면 그 앞에 〈사회적〉이라는 또 다른 개념어를 나란히 적기를 요구한 작가의 의견을 존중했다.

으로 향하고, 그들의 고단한 노동 위에서 욕망과 소비를 부추기며 냉혹하게 돌아가는 현대 자본주의 사회의 메커니즘을 발가벗겨 놓고, 사회 도처에서 눈에 보이지 않게 작동하는 힘의 관계를 뚫어 본다. 거기에다가, 『밖의 삶』에서는, 갈수록 맹위를 떨치는 신자유주의와 우경화되어 가는 프랑스 사회에 대한 우려 및 발칸 전쟁으로 목숨을 잃은 수많은 민간인과 관련한 무익한 분노가 더해진다.

한 시대를 증언하는 에르노의 기록물에는 다양한 내용이 담겨 있다. 작가는 담벼락에 적힌 그라피티, 낙서, 그림 등 생산자가 누구인지 알 수 없는 익명의 표현물을 고스란히 옮겨 오거나 한 시대의 정신적 풍속도를 보여 주고 싶은 듯 공익 광고나 방송물의 지면 중계를 시도하기도 한다. 또한 두 작품의 진정한 주인공은 노숙인인가 싶을 정도로 노숙인에 얽힌 풍부한 일화가 등장하여, 사회의 끄트머리에 위태하게 서 있거나 이미 그 경계 밖으로 밀려난 약자들에 대한 작가의 지칠 줄 모르는 관심을 엿보게 한다. 지배 계급의 다양한 모습 역시 공존한다. 계급 이탈자로서 상징적 폭력을 직접 겪었음을 고백하기도 했던 작가는 눈에 띄지 않게 은밀히 작동하는 힘의 관계를 지하철, 쇼핑몰, 슈퍼마켓 등 일상의 공간에서도 여지없이 간파하고, 지배 계급의 힘의 원천은 바로 그러한 〈비가시성〉에 있다고 폭로한다. 그리하여 독자는 서민이 토로하는 삶의 고됨에 빈말의 성찬으로 응답하는 정치꾼들을, 구지레한 일상을 줄줄 흘리고 다니는 서민 모녀를 조롱기 감도는 옅은 미소로 지켜보는 단정한 부르주아 모자를, 다양성과 관용을 머리로만 아는 미래의 기득권자 대학생들을 만나게 된다.

재미있는 점은, 에르노가 자신이 속한 작가 집단 역시 그 기득권 세력에 집어넣는다는 것이다. 에르노는 늘 그러듯이 외면 일기에서조차 지금 이 시대에 글쓰기와 작가의 의미가 무엇일지에 대해 줄곧 묻는데, 그와 동시에 꾸준히 이런저런 작가들의 초상을 그리는 일을 게을리하지 않는다. 그런데 그러한 초상들을 모아 보면 재미있게도 문화 권력을 누리며 특권 의식과 허위의식이 밴 작가 집단의 면모가 드러난다. 그들이 후광처럼 둘러쓴 작가의 고독과 창작의 고뇌를 〈현실의 고독은 언어를 넘어선다〉라는 에르노의 한마디가 대번에 어리광으로 만들어 버리는데, 그러한 지적이 내부자의 입에서 나온 만큼, 그 무심한 듯 무덤덤한 어조의 파괴력은 더욱 배가된다.

작가는 두 권의 일기를 통해 수많은 초상을 완성하지만, 그 가운데서도 가장 빼어난 것은 아마도 두 손이 화학 약품으로 망가진 아프리카인 노동자의 초상이지 않을까. 몸체와 분리되어 따로 살아 낙지처럼 꿈틀거리는 두 손에 대한 묘사는 극사실적으로 생생하여, 그 글을 읽는 사람은 갑자기 두 손이 스멀스멀하기 시작한다. 『바깥 일기』의 앞부분에 등장한 이 노동자의 망가진 두 손이 불러낸 듯, 후반부에 가면 반지를 낀 가느다란 작가의 손가락에 대한 묘사가 독자를 기다린다. 그 묘사와 더불어, 〈지성인이라는 것, 그것은 또한 노동으로 성이 나거나 망가진 두 손을 떼어 내버리고 싶은 욕구를 겪어 본 적이 결코 없음〉이라던 지성인에 대한 도발적 정의가 머릿속으로 되돌아온다. 타인의 노동에 대한 겸허한 존중의 마음가짐이 없었어도 두 손이 빚어내는 극명한 대조가 눈에 들어왔을까라는 호기심과 함께.

에르노는 타인의 존재와 타인의 삶을 고스란히 기록하기 위해 시작한 글쓰기 여정을 〈우리의 진정한 자아는 오롯이 우리 안에 있지 않다〉라는 루소의 글귀로 열었다. 그리고 그 여정을 타인 안에 나의 지나온 삶이 침

잠해 있고 나 역시 타인의 삶을 품고 있더라는 고백으로 끝마친다. 제사로 빌려 쓴 루소의 글귀에 대한 작가 나름의 화답이 아닐까.

이제, 옮긴이의 글이니만큼, 에르노의 작품을 먼저 읽은 독자의 입장이 아닌 번역가의 입장에서 몇 가지 이야기를 독자와 나누려고 한다.

작가의 이름을 가리고 읽어도 에르노의 글임을 모를 수 없을 정도로, 에르노는 특유의 문체를 확립한 작가이다. 이 문체를 정립하기까지의 과정은, 지배 계급의 언어가 지배하는 프랑스 문단에서 에르노가 계급 전향자로서 자신의 작가적 정체성을 확립해 나가는 과정과 정확히 일치한다.

학교 교육의 시작과 더불어 어린 에르노는 사투리와 문법적 오류가 허용되는 모어(母語)를, 이미 자신 안에 자리 잡은 부모의 언어를 억지로 뽑아내고 그 자리에 학교 교육이 요구하는 타자의 언어, 지배 계급의 언어를 이식해야만 했다. 여러 작품에서 종종 언급되는 이러한 폭압적 경험은, 피지배 계급의 자녀에게는 가난만이 아니라 언어적 소외까지도 대물림된다는 뼈저린 깨

달음을 동반한다. 그렇게 어려서 겪어 냈던 언어적 정체성의 혼란은 에르노가 〈자신과 같은 부류의 한풀이를 하겠다〉[2]라며 작가의 길에 들어서면서 되살아난다. 계급 전향자로서의 자신의 현실을 담아내기에는 제도권 교육이 손에 쥐여 준 부르주아의 언어는 겉돌기만 하고, 그렇다고 이미 상실해 버린 모어를 되찾아 올 수도 없는 난감한 상황에 놓이게 된 셈이다.

그 돌파구로 에르노는 누보로망이 보여 줬던 문학적 가능성을 밀고 나가, 제도권 문학의 언어로 자리 잡은 부르주아의 언어를 난폭하게 해체하는 글쓰기를 만들어 내게 된다. 『그들의 말 혹은 침묵*Ce qu'ils disent ou rien*』 같은 에르노의 초기 소설에서 만나게 되는, 작가 스스로 〈폭력의 글쓰기〉라고 부르는 바로 그 문체이다. 그 뒤 아버지의 죽음을 겪고 아버지에 관한 이야기를 하고 싶다는 욕망을 품게 되면서, 독자가 문학적 훈련 없이는 접근하기 힘든 〈폭력의 글쓰기〉에서 벗어나, 평생 지배 계급의 언어에서 소외당했던 부모를 위해 그들의 목소리를 담아낼 수 있는 언어를 찾아 나선다. 작가는 저학력의 부모에게 소식을 전할 때 사용했던 사실

2 이 말은 노벨상 수락 연설에서도 다시 한번 등장한다.

기술 위주의 건조한 글쓰기에 착안하여, 스스로 〈밋밋한 글쓰기écriture plate〉로 명명한 글쓰기를 『자리*La Place*』에서 처음으로 시도하게 되는데, 〈밋밋한 글쓰기〉는 그 뒤로 우리가 알고 있는 에르노의 문체로 자리 잡게 된다. 자신의 언어를 찾아내기 위한 작가의 부단한 분투는 한마디로, 에르노는 무엇을 쓸 것인가만큼이나, 아니 어쩌면 그보다 더, 어떻게 쓸 것인가가 중요한 작가임을 보여 준다. 번역가가 한국 독자의 독서 편의성을 고려한다는 핑계로 그의 문체를 뭉개 버릴 수 없는 이유이다.

에르노에게서 문체는 문학적으로 아름다운 문장에 대한 고뇌와 무관하다. 오히려 피지배 계급에서 지배 계급으로 이동한 자신의 현실과 자기 부류의 목소리를 담아낼 수 있는 언어를 모색하는 과정에서 벼려 낸 무기인 셈이다. 그런 만큼, 이번 번역에서도 역시, 내 손을 거쳐 갔던 에르노의 여타 작품들을 번역할 때와 마찬가지로 문체 번역에 정성을 쏟았다.

문체 번역의 관건이 될 〈밋밋한 글쓰기〉는 구체적으로 문장에서 어떻게 구현되었을까? 에르노가 만들어 내는 문장들의 특징 중 하나는 〈-음〉, 〈-하기〉 등으로 끝나는 부정법 표현이나 명사구가, 주어와 동사를 제대로 갖춘 전통적 문장 구조를 자유분방하게 대체한다는 점이다. 에르노는 사적 체험에 보편성을 부여하려는 의도가 그러한 주어의 제거에 들어 있음을 숨기지 않는다. 번역가 역시 작가의 의도를 존중하여, 반듯한 문장에 익숙한 독자라면 질색할 〈음슴체〉를 기꺼이 활용했다.

에르노의 문장에서는 정련된 느낌을 넘어서 거의 금욕적 느낌이 난다. 끊임없이 덜어 내는 작업으로 점철된 글쓰기의 시간과 그 흔적이 담긴 초고의 존재가 보여 주듯이, 아마도 작가가 적확한 수식어들을 더해 나가는 방식이 아니라 불필요한 요소들을 깎고 또 깎아 내는 방식으로 현실을 포획하기 때문이리라. 이런 과정을 거쳐서 고갱이만 남은 문장들은 단단한 차돌멩이처럼 손쉬운 침입을 허용하지 않는다. 분명 평이한 어휘로 구성된 짤막한 문장들인데 쉽사리 그 의미를 내주지 않는 완고함에 당황스러웠던 경험이 있다면, 아마도 그런 까닭에서이리라.

예를 들어, 에르노는 전철역 통로에서 적선을 베풀라는 요구도 없이 그저 자신의 성기를 드러낸 채 가만히서 있는 남자의 모습을 〈존엄의 애통한 형식〉이라고 단 세 마디로 표현한다. 간명하나 켜켜이 녹아 있는 의미의 무게로 묵직한 말이다. 노출증으로 해석될 그 광경에서 작가의 투시력은 무엇을 보았을까? 누구라도 노숙인으로 전락하는 순간, 마치 가난에 생물학적 성마저 빼앗긴 듯이 남자도 여자도 아닌 무성의 존재로, 그러니까 비-인간으로 전락하는 노숙인의 현실이 보인다. 그 현실에 마음이 가닿는 순간, 남성성의 직접적 표출은 자신은 여전히 남자임을 주장하며 인간의 존엄을 지켜 내려는 절망적 저항의 몸짓으로 다가온다. 에르노를 따라서, 사회적, 경제적 불평등의 구조적 모순 뒤에 인간이 있음에 주목하면 가난의 문제는 인간 소외의 문제로 확장된다. 그 담백한 문장에 이렇게나 많은 의미가 압축되어 있다.

에르노의 건조한 문장들을 읽으면서 단어 사이에, 문장과 문장 사이에 자리한 침묵과 여백을 채우는 일은 독자의 몫이다. 달리 말하면, 〈읽어 치우는〉 독서가 아닌 〈느긋한〉 독서가 필요하다. 번역가 역시 느긋한 독서의 즐거움을 해치지 않기 위해 더하기가 아닌 빼기의 작업에 충실했다.

끝으로, 번역에 정치적 올바름을 기계적으로 적용하지 않았음을 밝혀 둔다. 정치적 올바름에 대한 사회적 합의가 이루어지기 이전에 생산된 이 글에서 작가의 어휘 사용이 거침이 없어서이기도 하지만, 작가 및 시대의 한계나 문제의 어휘가 작품에서 담당하는 문학적 효과 등에 대한 분석 없이, 맹목적으로 적용되는 정치적 올바름은 전제적 검열의 다른 이름일 뿐이어서이기도 했다. 한 시대의 현실을 그 밝음과 어두움까지 모두 담아내는 문학 텍스트는 어휘 퇴출로 표출되는 편협한 방식의 정치적 올바름과는 태생적으로 양립할 수 없다. 문학은 오히려 정치적 올바름이 요청되는 어두운 현실을 가감 없이 보여 주는 방식으로 정치적 올바름을 실천한다.

〈음슴체〉로 옮긴이의 말을 마무리 짓는 작은 일탈을 저질러 본다. 〈에르노는 자신의 글쓰기가 사회적 현실의 단면을 저며 내는 칼이 되기를 바랐음.〉

2023년 여름 끝자락에

정혜용

옮긴이 **정혜용** 서울대학교 불어불문학과와 동 대학원을 졸업하고 파리3대학 통번역 대학원(ESIT)에서 번역학 박사 학위를 받았다. 현재 번역 출판 기획 네트워크 〈사이에〉 위원으로 활동 중이다. 지은 책으로 『번역 논쟁』이 있고, 옮긴 책으로 아니 에르노의 『한 여자』, 『집착』, 『카사노바 호텔』, 『그들의 말 혹은 침묵』, 조나탕 베르베르의 『심령들이 잠들지 않는 그곳에서』, 마일리스 드 케랑갈의 『살아 있는 자를 수선하기』, 『식탁의 길』, 레몽 크노의 『연푸른 꽃』, 『지하철 소녀 쟈지』, 마리즈 콩데의 『세구: 흙의 장벽』 전2권, 『나, 티투바, 세일럼의 검은 마녀』, 『울고 웃는 마음』, 바네사 스프링고라의 『동의』, 발레리 라르보의 『성 히에로니무스의 가호 아래』, 앙드레 고르스의 『에콜로지카』, 에두아르 루이의 『에디의 끝』, 쥘리 마로의 『파란색은 따뜻하다』 등이 있다.

밖의 삶

발행일 **2023년 9월 20일 초판 1쇄**
2023년 10월 25일 초판 2쇄

지은이 **아니 에르노**
옮긴이 **정혜용**
발행인 **홍예빈·홍유진**
발행처 **주식회사 열린책들**

경기도 파주시 문발로 253 파주출판도시
전화 **031-955-4000** 팩스 **031-955-4004**
www.openbooks.co.kr

ISBN 978-89-329-2356-7 03860